Histoires
à faire
rougir
davantage

3

Publiés par la même auteure :

Histoires à faire rougir (t.1)
Édition originale : format régulier 1994, format poche 2000
Stories to Make You Blush 2000
Nouvelle Édition (Rougir 1 : *Histoires à faire rougir*) 2011

Nouvelles histoires à faire rougir (t. 2)
Édition originale : format régulier 1996, format poche 2001
More Stories to Make You Blush 2001

Histoires à faire rougir davantage (t. 3)
Édition originale : format régulier 1998, format poche 2002
Stories to Make You Blush volume 3 2004

Rougir de plus belle (t. 4)
Édition originale : format régulier 2001, format poche 2004

Rougir un peu, beaucoup, passionnément (t. 5)
Édition originale : format régulier 2003, format poche 2006

Coups de cœur à faire rougir 2006
(le meilleur des *Histoires à faire rougir*)

MARIE GRAY

Histoires à faire rougir davantage

3

Nouvelles érotiques

Guy Saint-Jean
ÉDITEUR

Guy Saint-Jean Éditeur
3440, boul. Industriel
Laval (Québec) Canada H7L 4R9
450 663-1777
info@saint-jeanediteur.com
www.saint-jeanediteur.com

. . . .

Catalogage avant publication de Bibliothèque et Archives nationales du Québec et Bibliothèque et Archives Canada

Gray, Marie, 1963-
Histoires à faire rougir davantage
Nouvelle édition.
(Rougir ; 3)
Édition originale : c1998.
ISBN 978-2-89455-783-9
I. Titre. II. Collection : Gray, Marie, 1963-   . Rougir ; 3.
PS8563.R414H572 2013b   C843'.54   C2013-942216-1
PS9563.R414H572 2013b

. . . .

Nous reconnaissons l'aide financière du gouvernement du Canada par l'entremise du Fonds du livre du Canada (FLC) ainsi que celle de la SODEC pour nos activités d'édition. Nous remercions le Conseil des Arts du Canada de l'aide accordée à notre programme de publication.

Canadä   ▌◆▌ Patrimoine Canadian   SODEC   Conseil des Arts   Canada Council
                canadien Heritage   Québec   du Canada   for the Arts

Gouvernement du Québec — Programme de crédit d'impôt pour l'édition de livres — Gestion SODEC

© Pour l'édition originale en grand format, Guy Saint-Jean Éditeur inc. 2013
(ISBN 978-2-89455-637-5)

© Pour cette édition en livre de poche, Guy Saint-Jean Éditeur inc. 2013

Conception graphique : Christiane Séguin
Révision : Sophie Ginoux

Dépôt légal — Bibliothèque et Archives nationales du Québec, Bibliothèque et Archives Canada, 2013
ISBN: 978-2-89455-783-9

Distribution et diffusion
Amérique : Prologue
France : Dilisco S.A./Distribution du Nouveau Monde (pour la littérature)
Belgique : La Caravelle S.A.
Suisse : Transat S.A.

Tous droits de traduction et d'adaptation réservés. Toute reproduction d'un extrait de ce livre, par quelque procédé que ce soit, est strictement interdite sans l'autorisation écrite de l'éditeur.

Imprimé et relié au Canada

1ʳᵉ impression, novembre 2013

Guy Saint-Jean Éditeur est membre de
l'Association nationale des éditeurs de livres (ANEL).

Flagrant délit

Je me souviens très bien de ce matin du mercredi 12 octobre. Voilà bien un matin où je n'aurais jamais dû me lever! Lorsque le réveil m'a tiré ce jour-là de mon profond sommeil, mon épouse dormait paisiblement, lovée dans une jaquette de flanelle, le visage enduit d'une crème soi-disant rajeunissante. Si mes souvenirs sont bons, je rêvais, avant le vacarme désolant de ce réveil abrutissant, que ma tendre moitié, après s'être débarrassée de sa robe de nuit encombrante et de la crème qui recouvrait son minois, s'était glissée sous les couvertures et me suçait copieusement, chose à laquelle elle était fort peu encline depuis de trop nombreuses années. Je l'aime tendrement, mais sur ce chapitre, nos relations sont davantage platoniques. Enfin…

Pour en revenir à ce matin du 12 octobre, je combattais un mauvais rhume depuis environ une semaine. La journée s'annonçait grise, quoiqu'à cette heure, il faisait encore trop sombre pour en être certain. Une petite voix intérieure me murmurait inlassablement: «Reste couché, ce matin. Tu peux te le permettre! Une seule journée… Quand as-tu été malade pour la dernière fois?» J'étais fort tenté de l'écouter. Effectivement, je n'avais jamais vraiment profité de journées de maladie, aussi aurait-il été merveilleux d'éteindre le maudit appareil et de dormir tout l'avant-midi dans la chaleur du lit conjugal. Mais le devoir m'attendait. Il faut dire que mon travail me plaisait bien. J'étais agent de sécurité, et comme j'avais accumulé suffisamment d'années de service pour la chaîne de magasins Les Galeries de la Mode, je pouvais désormais passer mes journées confortablement installé devant les écrans de surveillance de l'établissement.

Ce n'étaient toutefois pas mes beaux yeux qui m'avaient fait mériter ce poste; et ce fameux poste, il était parfait. Je pouvais rester assis à longueur de journée, sans avoir à faire le tour des rayons sans relâche. Je n'avais pas d'arme à porter — je déteste les armes à feu! —, puisque j'étais à l'abri de tout problème. Non qu'il en arrivât fréquemment… De toute ma carrière, je n'avais assisté qu'à deux vols à main armée. C'était pas mal, quand même, en près de quarante ans de service. Mais je préférais, et de loin, la sécurité de cet emploi, surtout à mon âge. Je n'avais en effet plus envie de courir après de petits malfaiteurs ou d'empêcher les adolescents de flâner. Et puis, pourquoi aurais-je passé la journée debout, alors que je pouvais m'asseoir?

Quand les dirigeants des Galeries de la Mode avaient opté pour le système de sécurité en place, ils avaient eu un mal fou à déterminer la personne de confiance qui surveillerait toutes les installations. Le problème n'était pas tant la quantité de caméras à gérer, puisque leur nombre, dix-huit précisément, n'était pas exceptionnel. En fait, le plus délicat était de contrôler celles qui avaient été installées dans les cabines d'essayage. Évidemment, beaucoup d'agents s'étaient portés volontaires pour ce travail, espérant pouvoir passer la journée à regarder des femmes se déshabiller devant eux. Mais ils n'avaient rien compris! Contrairement à eux, j'étais extrêmement fier du travail que j'accomplissais. Et si on m'avait confié ce poste, c'était parce que j'étais assez professionnel pour ne pas m'attarder plus longtemps que nécessaire sur ces cabines. Je n'étais pourtant pas plus idiot qu'un autre! Mais si une femme ne pouvait plus faire ses emplettes en paix, sans se demander si on la regarderait lorsqu'elle essaierait des vêtements, où s'en irait le monde? Il fallait donc trouver quelqu'un qui saurait garder l'œil discret et la bouche cousue. Les Galeries de la Mode n'avaient effectivement pas du tout l'intention de crier sur tous les toits qu'on y surveillait les clientes jusque dans les cabines d'essayage! Cela aurait été catastrophique pour l'entreprise, car toutes sortes d'associations s'en seraient mêlées, et il aurait fallu abandonner l'idée. Et pourtant, c'était précisément dans ces petites cabines que se commettaient le plus de vols à l'étalage.

Bref, c'était moi, grâce à mon expérience, ma discrétion et mon professionnalisme, qui avais obtenu le poste. Et j'avais attrapé plus d'une voleuse en flagrant délit! Oh, il était assurément très tentant de se poster devant les écrans correspondant aux cabines et de suivre tout ce qui s'y passait… Les clientes des Galeries étaient généralement des femmes assez à l'aise, belles et élégantes, mais j'avais passé l'âge de telles folies et j'espérais secrètement que nos compétiteurs faisaient preuve de jugement avant de confier ce genre de tâche à leurs employés. Enfin…

C'est ce sens du devoir qui m'a donné, ce mercredi 12 octobre, le courage nécessaire pour résister à l'appel, si tentant, de ma voix intérieure et de la chaleur de mon lit. Je me suis levé péniblement, jetant un regard envieux à ma tendre épouse qui dormait toujours, et me suis dirigé vers la douche. Je pensais avoir oublié mon rêve, mais il m'est férocement revenu en mémoire à la vue de mon membre semi-dressé sous le jet d'eau chaude. J'imaginais la bouche de ma douce Solange l'emprisonner tendrement, puis le lécher avec appétit comme elle le faisait jadis. À l'époque où elle dormait nue, de corps comme de visage… Distraitement, j'ai enduit ma verge de savon et laissé glisser ma main de haut en bas, sentant mon rythme cardiaque s'accélérer. Quand avais-je, pour la dernière fois, caressé cette queue paresseuse ? J'ai été agréablement surpris par l'état d'excitation dans lequel je me trouvais, et ai presque eu envie de réveiller Solange pour lui faire partager mon désir. Mais l'heure avançait, et ma douce moitié ne serait probablement pas aussi réceptive que mon organe, qui était tendu à l'extrême. J'ai donc joui dans un sursaut, me suis fait une brève toilette et me suis rendu au boulot.

Sur place, la matinée s'est déroulée lentement, sans qu'aucun événement spécial ne vînt la perturber, jusqu'à ce qu'Elle fît son entrée; celle qui allait réveiller mes instincts endormis et bouleverser ma vie. Je l'ai tout d'abord aperçue dans l'écran relié à la caméra de l'entrée du magasin. Il s'agissait d'une jeune femme blonde d'environ vingt-cinq ans, avec beaucoup de prestance et dont l'apparence était soignée. Je voyais certes tous les jours de jolies femmes franchir ces mêmes portes, mais celle-ci était vraiment éblouissante. Elle semblait pressée, comme beaucoup de clientes cherchant un article particulier et profitant de la courte pause du midi pour se le procurer. Elle s'est dirigée directement vers le rayon de la lingerie. J'ai attentivement suivi sa silhouette, qui avançait gracieusement malgré les élégantes chaussures à talons hauts et le tailleur ajusté qu'elle portait. Ses cheveux étaient impeccablement coiffés, et j'aurais pu jurer qu'elle portait l'un de ces parfums capiteux, Shalimar ou Opium, à la fois classiques et terriblement chers. Devant l'étalage des dessous féminins, elle a retiré ses gants d'un geste lent et délibéré qui, inexplicablement, m'a tout de suite fait bander. Elle avait en effet l'air si sûre d'elle! Il s'agissait probablement du genre de cliente difficile exigeant la plus haute qualité et un service irréprochable. Heureusement, la jeune vendeuse était une connaisseuse. Elle lui a conseillé quelques modèles et l'a guidée vers les cabines d'essayage. J'ai alors pris une profonde inspiration. Il était inadmissible que je profite de cette occasion rêvée! Mais il aurait été surhumain d'y résister. Alors, que devais-je faire? J'étais désemparé, ne pouvant expliquer cet attrait soudain et irrésistible pour cette inconnue. Moi qui, d'habitude, étais si respectueux de l'intimité des clientes, j'étais incapable, physiquement comme psychologiquement, de détacher mon regard des écrans surveillant les cabines d'essayage, et je tentais frénétiquement de deviner celle qui serait assignée à cette mystérieuse femme. La préposée a finalement guidé vers la cabine numéro trois la belle étrangère, qui s'y est engouffrée. J'ai du même coup tenté de m'imposer une limite d'une minute de voyeurisme avant de retourner à mes occupations. À peine le temps d'apercevoir sa silhouette plus clairement…

Attention, il faut comprendre que j'ai toujours été fidèle à ma femme, tant en pensées qu'en actes. Le mois dernier, alors que nous célébrions notre trente-cinquième anniversaire de mariage, j'étais ému, heureux, fier, me trouvant chanceux d'avoir passé tant d'années en sa compagnie, jouissant d'un bonheur paisible et sans histoires. J'espère sincèrement passer le reste de ma vie de la même manière. Le fait que je sois sensible à la vue d'une jolie jeune femme à la jupe trop courte n'altère en rien mon amour pour ma femme... même s'il m'arrive, à l'occasion, de tenter de deviner ce qui se cache sous cette même jupe. Ma femme Solange m'aime encore aussi, je crois. Sinon, elle ne serait pas aussi attentionnée et douce envers moi. Nos enfants volent depuis plusieurs années de leurs propres ailes, nous apprécions toujours notre compagnie mutuelle, et les soirées tranquilles avec une bonne bière devant la télé témoignent de notre confort, modeste quoique douillet. Seulement voilà, il y a long-temps que Solange ne se donne plus la peine de surveiller sa ligne ou de porter des vêtements aussi flatteurs que la femme qui venait d'apparaître devant mes yeux cette journée-là. Ceci explique en grande partie ce qui m'est arrivé par la suite.

Les caméras qui surveillaient les cabines étaient placées derrière les glaces. J'ai ainsi pu voir de plus près le délicieux visage de la belle inconnue. Son maquillage soigné mettait en valeur des yeux pâles dont la couleur ne m'était malheureusement pas dévoilée. Ces satanés écrans ne présentaient que des nuances infinies de gris ! Peu importe, cette femme était d'une beauté saisissante. Elle a accroché son sac sur un des crochets installés à cet effet et a déboutonné de ses longs doigts la veste de son tailleur. Je me suis aussitôt dit que c'était suffisant, que je ne la regarderais pas retirer sa blouse, sa jupe et le reste. Mais sous le tailleur, elle ne portait qu'un soutien-gorge, une écharpe savamment repliée donnant l'illusion d'une chemise. Et sans m'en rendre compte, je me suis laissé prendre au jeu. Il était déjà trop tard pour exercer un quelconque acte de volonté afin de détourner mon regard, car j'étais fasciné. Le magnifique soutien-gorge de l'inconnue était en dentelle, de même qu'une adorable culotte assortie dépassant furtivement de la jupe. Une jupe qui a soudain glissé jusqu'au sol et que la belle cliente a ramassée lentement, avant de la suspendre soigneusement pour éviter qu'elle ne se froisse. Pourquoi fallait-il qu'elle porte en plus ces bas qui adhéraient comme par magie aux cuisses? Très pâles et soyeux, ils enveloppaient ses longues jambes et reposaient sur sa peau laiteuse. Avec des gestes très précis, l'étrangère a tout d'abord retiré son soutien-gorge, puis fait glisser sa culotte, avant de détacher les vêtements neufs du cintre. Je me suis vaguement dit qu'elle n'aurait pas dû la retirer, qu'on demandait d'ordinaire aux clientes de conserver leurs dessous pour essayer d'autres vêtements, mais cette pensée a quitté mon esprit aussi vite qu'elle était apparue. Cette femme avait en effet un corps splendide: des seins lourds et fermes, une taille étroite, des hanches légère-ment rebondies, le ventre plat… Je me suis aperçu qu'elle était réellement blonde en apercevant brièvement la toison pâle ornant son bas-ventre. Elle s'est bientôt retournée, si bien que j'ai pu admirer la rondeur des fesses, ainsi que l'élégance et la minceur de son dos. Ses bras fins ont alors agrafé le nouveau soutien-gorge et glissé la culotte assortie le long de ses jambes somp-tueuses. L'ensemble lui allait à merveille, la vendeuse l'avait admirablement conseillée. La dentelle était si déli-cate qu'on pouvait facilement apercevoir les mamelons de l'inconnue, ainsi que l'ombre légère recouvrant son sexe. La belle s'est examinée d'un air grave, tournant sur elle-même afin de voir son corps sous des angles diffé-rents, se demandant visiblement si c'était bien l'article qu'elle cherchait. Après quelques instants, un sourire angélique a éclairé son visage. La cliente aimait de toute évidence ce qu'elle voyait, et sa décision était prise. J'espérais de mon côté qu'elle prendrait le temps d'essayer les autres ensembles qu'on lui avait suggérés, mais elle n'en a rien fait, satisfaite de ce premier essai. Elle s'est rhabillée rapidement, me laissant une fois de plus admirer la nudité de son corps fabuleux, avant de le recouvrir de ses vêtements chics. Puis, elle est sortie et a payé son achat. Elle affichait un petit sourire satisfait en attendant son paquet, sourire qui est resté accroché à ses lèvres jusqu'à ce qu'elle ait quitté le magasin. J'ai pour ma part légèrement sursauté lorsque, juste avant de franchir le portail de l'entrée, elle s'est retournée, a scruté l'intérieur du magasin, puis levé la tête vers la caméra qui surveillait cet endroit précis. Inexplicablement, j'ai rougi comme un adolescent pris en défaut, et j'ai eu l'impression troublante qu'elle me savait là, qu'elle devinait que je venais de l'observer impudiquement, la trouvant si belle. Si belle que lorsque je me suis par la suite levé de mon siège, mon pantalon avait l'allure d'une petite tente au mât central bien érigé.

● ● ●

Ce soir-là, en rentrant à la maison, je n'ai été capable de bafouiller qu'une vague réponse lorsque Solange m'a accueilli avec son éternel: «Paul, c'est toi? Tu as passé une bonne journée?» Je me suis précipité dans la chambre pour me débarrasser de mes vêtements et ai sauté sous la douche pour me rafraîchir les idées. Solange a évidemment trouvé étonnant que je prenne une seconde douche le même jour, mais je lui ai expliqué d'un air indifférent qu'il y avait eu un problème avec l'appareil de climatisation, si bien qu'une chaleur d'enfer avait régné toute la journée dans les bureaux. Un horrible sentiment de culpabilité m'a envahi en lui racontant ce mensonge, aussi me suis-je aussitôt approché d'elle et l'ai-je embrassée. J'ai alors été aussi surpris qu'elle de la tendresse et de la profondeur de ce baiser. Elle a reculé, rouge de confusion, et m'a fixé de son regard le plus perçant, celui qui devinait tout.

— Mais qu'est-ce qui se passe avec toi ? Allez, raconte !

J'ai pris une profonde inspiration et lui ai répondu :

— Eh bien ! J'ai pensé à toi toute la journée. Je ne suis pas très habile pour te le montrer, mais tu sais, je t'aime… c'est tout. Il y avait longtemps que je ne te l'avais pas dit.

Elle a ri et m'a serré dans ses bras.

Puis, elle m'a préparé un excellent repas. Et en la regardant s'activer dans la cuisine, j'ai senti monter une autre érection surprise. Voilà que j'étais embarrassé comme un collégien, alors même que nous étions mariés depuis si longtemps ! Il faut dire qu'il y a des années que nos ardeurs se sont calmées, et je crois bien que ni l'un ni l'autre ne savons comment briser la mince couche de glace qui s'est installée entre nous côté sexe. Devais-je toutefois, ce soir-là, lui montrer la réaction qu'elle venait de déclencher chez moi, ou bien être plus subtil et tenter de l'attirer au lit plus tôt que d'habitude ? J'étais indécis. Je me suis d'ailleurs posé tant de questions que mon érection est repartie d'où elle était venue… et que nous avons finalement passé, somme toute, une soirée ordinaire, chacun dans un fauteuil devant la télé.

• • •

Cette histoire n'aurait sans doute pas été plus loin si mon inconnue n'était jamais revenue au magasin. Toutefois, le lendemain, le jeudi 13 octobre, celle que j'appelais déjà mentalement « ma » cliente a refait son apparition. Même heure, même attitude pressée. Elle s'est dirigée d'un pas ferme vers l'étalage des dessous féminins pour s'emparer d'un des ensembles qu'elle n'avait pas essayés la veille. Fasciné, je n'ai pas du tout tenté de détourner le regard, et même si mon fameux sentiment de culpabilité a refait une timide apparition, il était loin d'être en mesure de m'arrêter. Je me suis donc cette fois-ci confortablement installé devant l'écran de la cabine six, et ai observé la belle étrangère. Elle avait recommencé le même manège que la veille, à ceci près qu'elle portait à présent une robe boutonnée, de laquelle elle a lentement libéré son corps divin. Elle avait revêtu, ce jour-là, un joli maillot noir, visiblement en soie, en plus d'adorables bas du même ton. Mais quelque chose a soudain changé dans son comportement. Son corps a commencé à se mouvoir au son d'une musique imperceptible. J'observais cette danse lascive, captivé par la fluidité de ses mouvements. Les doigts de l'inconnue s'enroulaient dans ses cheveux, puis s'attardaient autour de ses épaules en une intime étreinte. Elle a ensuite cajolé ses seins somptueux à-travers le tissu soyeux de son maillot, montrant des mamelons dressés dédiés aux caresses. Mais plutôt que ces seins pigeon-nants, ce sont ses cuisses que ses mains ont caressées, massant doucement leur chair blanche et veloutée. La belle inconnue dansait toujours, s'accroupissant en écar-tant les jambes à un point tel que j'ai pu remarquer que son sexe n'était recouvert que d'une très fine lanière de dentelle. Ses doigts s'en approchaient d'ailleurs dangereusement, semblant répondre à un appel irrésistible. Tout à coup, elle a sursauté et paru se rendre compte de la situation étrange dans laquelle elle se trouvait. Elle a alors regardé autour d'elle comme si elle sortait d'un rêve, désorientée. Elle s'est ensuite empressée d'enfiler l'ensemble qu'elle avait apporté avec elle dans la cabine d'essayage et a paru déçue du résultat. Elle s'est alors rhabillée précipitamment, est sortie de la cabine et a remis les dessous à Nicole, la préposée. Puis, elle a quitté le magasin d'un pas pressé, me laissant pantelant au bord de ma chaise, dépité et beaucoup trop excité à mon goût.

Ce soir-là, j'ai bredouillé à Solange la même excuse que la veille, avant de partir me réfugier sous la douche, où je me suis violemment masturbé. Mais que m'arrivait-il donc ? Pourquoi cette femme avait une telle emprise sur moi ? Je m'étais masturbé davantage, ces deux derniers jours, qu'au cours des douze dernières années !

• • •

Le vendredi 14 octobre, je me suis rendu au travail en me préparant intérieurement à la visite de « ma » cliente. Il était peu probable qu'elle revienne un troisième jour d'affilée, mais avec le spectacle qu'elle m'avait offert la veille, je ne pouvais m'empêcher de l'espérer. Je tentais de puiser en moi le courage nécessaire pour résister, au cas où l'envie lui prendrait de revenir combler la curiosité de mon regard lubrique, mais je savais la bataille perdue d'avance. J'avais en effet rêvé d'elle, la nuit précédente, et je m'étais réveillé penaud, regardant ma chère Solange qui dormait sans se douter de quoi que ce soit. Je m'étais senti vil, menteur, comme si je lui avais été infidèle. Je m'en voulais terriblement, tout en essayant de me convaincre que je n'avais rien fait de mal. En réalité, je n'avais commis aucun acte répréhensible... C'étaient simplement mon esprit et mon corps qui s'étaient comportés en salopards.

Aussi, en voyant la jeune cliente arriver à son heure habituelle, ce vendredi-là, j'ai désespérément tenté de porter mon regard sur les autres écrans de mon bureau. En quelques fractions de seconde, je l'ai vue choisir un négligé de teinte pâle. Peu après, Nicole la guidait vers les cabines. Il n'en fallait pas plus pour m'exciter : j'avais les yeux rivés sur l'écran, et toute ma bonne volonté s'était envolée.

Ma belle inconnue était maintenant complètement dévêtue, n'ayant conservé que ses bas et ses chaussures. Toutefois, au lieu de s'emparer tout de suite du négligé qu'elle voulait essayer, elle a empoigné son épaisse chevelure et l'a négligemment remontée au-dessus de sa tête. Elle s'est observée ainsi, en pivotant sur elle-même pour s'admirer complètement, puis a laissé glisser ses mains le long de son cou, avant de caresser légèrement ses mamelons dressés. Elle s'est ensuite penchée et a ramassé le maillot soyeux qu'elle devait porter plus tôt — était-il beige ou rose ? Je ne pouvais que deviner la merveilleuse et subtile harmonie de ce morceau d'étoffe avec la couleur laiteuse de sa peau —, et l'a frotté contre ses seins généreux, avant de l'enrouler autour de sa taille fine, laissant le tissu délicat agacer ses fesses si rondes.

Puis, la pulpeuse cliente a saisi une extrémité du maillot, glissant l'autre entre ses jambes, et a ondulé d'avant en arrière devant mes yeux ébahis. Elle s'observait attentivement dans le miroir, glissant l'étoffe le long de son sexe en réalisant un long va-et-vient. Enfin, son corps entier s'est plaqué contre la glace, ses seins magnifiques s'y écrasant devant mes yeux ébahis. Je pouvais presque sentir sa chaude haleine qui embuait le miroir, sentir son souffle sur mon membre maintenant douloureux de désir. Tout à coup, j'ai brûlé d'envie de libérer ma queue de mon pantalon et de la branler copieusement, mais la crainte de me faire surprendre m'en a empêché. La belle inconnue, n'ayant que faire de mon problème, continuait à se caresser avec le tissu de plus en plus rapidement. Je me massais de mon côté discrètement par-dessus la toile rêche de mon pantalon. Toutefois, comme j'étais peu habitué à ce genre de plaisir solitaire — du moins, sur mon lieu de travail! —, j'avais du mal à me détendre et à me laisser aller. Après tout, j'étais celui en qui on avait confiance pour respecter l'anonymat et l'intimité des femmes! Eh bien, je n'étais pas très fier de moi, à présent. Malgré tout, je bandais de plus en plus férocement. «Ma» cliente a bientôt légèrement écarté les jambes et appuyé en son centre un doigt, auquel elle a fait réaliser une rotation soutenue. Quelques instants de ce manège ont suffi; la belle a fermé les yeux, puis son corps entier s'est plié de jouissance. La main sur mon sexe, je m'apprêtais à défaire la fermeture-éclair de mon pantalon pour partager cet instant de plaisir, lorsque la porte du bureau s'est ouverte. Ce n'était qu'un de mes collègues qui voulait savoir si j'avais déjà mangé. Rouge de honte, je me suis relevé d'un bond, tentant de cacher celle qui me causait tant d'émoi. J'ai marmonné que je descendrais dans dix minutes, qu'il pouvait bien m'attendre s'il en avait envie. Mon excitation en est redescendue d'un coup. Je l'avais échappé belle!

Ce soir-là, j'ai tenté de convaincre Solange de venir me rejoindre au lit très tôt dans la soirée. Prétextant la fatigue, je lui ai dit que j'avais envie de la sentir près de moi, qu'elle pourrait très bien lire si elle le désirait. Elle a pris place en me tournant le dos, si bien que je me suis glissé aussi près d'elle que possible. En un éclair, une fabuleuse érection s'est manifestée… et Solange a fait mine de ne pas s'en apercevoir. Elle s'est au contraire excusée, s'est levée et rendue à la salle de bain. Pour en ressortir dix minutes plus tard, des bigoudis bien enroulés tout autour de son visage, lui-même enduit de la fameuse crème rajeunissante. Elle m'a alors donné un petit baiser sur le front, s'est étendue trop loin de moi et endormie quelques minutes plus tard. Déçu, amer, frustré, je suis parti au salon pour m'hébéter devant une comédie insipide à la télé, ne retournant au lit qu'après avoir dormi une partie de la nuit sur le canapé trop dur.

• • •

Le lendemain matin, le samedi 15 octobre, je ne travaillais que jusqu'à treize heures. J'étais épuisé et irritable en raison de la mauvaise nuit que je venais de passer, et je n'étais pas d'humeur à badiner avec les autres employés. Je me suis donc directement rendu à mon bureau, en évitant la cafétéria. Je croyais avoir réussi cette opération quand j'ai croisé Nicole qui avançait vers moi, tout sourire et dont la voix était si claire et si aiguë que j'ai eu l'impression de ressentir les premiers assauts d'un terrible mal de tête.

— Bonjour, Paul! Dis-donc, ça n'a pas l'air d'aller, ce matin!

— Si, si, ça va… ai-je grommelé plus sèchement que je ne l'aurais voulu.

— Excuse-moi, je ne voulais pas t'embêter! T'es frustré ou quoi?

Elle était perspicace, la Nicole…

— Non, non. Juste fatigué.

Je brûlais en fait d'envie de lui poser des questions sur «ma» cliente. La connaissait-elle? Comment était-elle? Quel genre de voix avait-elle? Allait-elle venir aujourd'hui? Comment s'appelait-elle? Je suis néanmoins parvenu à me contenir et suis parti me réfugier dans mon bureau, un thermos de café bien corsé pour compagnon.

Les heures se sont égrenées, sans que l'inconnue daigne se montrer. J'étais à la fois terriblement déçu et soulagé. Je réalisais que cette femme était presque devenue une obsession. Je songeais à elle comme on pense à une maîtresse, l'espérant, se satisfaisant du peu qu'elle veut bien nous donner, rêvant d'un sourire, d'un baiser. Je me trouvais tout à fait ridicule… et me sentais très malheureux. Je ne savais plus rien de rien. Mon quart de travail s'est terminé sans visite de la belle inconnue.

Le dimanche 16 octobre s'est lui aussi révélé une journée absolument médiocre. Je l'ai passé dans un état presque fébrile, ne pensant qu'à Elle, rêvant tout éveillé de son corps splendide, de ses mains caressant cette peau si pâle, de ses cheveux soyeux cascadant sur ses épaules. Elle me manquait. Je me sentais comme un toxicomane en pleine crise de manque, ne l'ayant pas vue de toute une journée. Je n'en pouvais plus de devoir attendre jusqu'au lendemain, lundi, alors que ce jour-là était normalement si tranquille qu'il en était ennuyeux. «Mais Elle viendra sûrement briser cette monotonie et éclairer cette journée de sa présence», me disais-je. J'en avais le pressentiment. Je ne pouvais faire reposer cette impression sur rien de concret, mais j'en avais la certitude.

Ce dimanche matin, donc, je suis sorti de chez moi, suis monté dans la voiture et me suis dirigé vers Les Galeries de la Mode. En fait, je ne travaillais pas ce jour-là, mais le magasin n'en était pas moins ouvert. «Sait-on jamais, peut-être sera-t-elle là?», me répétais-je. Je pensais m'asseoir tranquillement devant l'entrée, peut-être même manger une bouchée en surveillant les allées et venues des clientes. Mais si elle venait, que ferais-je, au juste? Eh bien! je me contenterais de la regarder et serais satisfait pour le reste de la journée. Je pourrais enfin connaître tous ces détails que je brûlais de savoir: la nuance exacte du blond de ses cheveux, la couleur de ses yeux, son parfum. Je pourrais la suivre discrètement, faisant mine de faire des emplettes pour ma femme. Et que dirais-je aux employés croisés par hasard et qui savaient très bien que je n'avais aucune raison d'être là un dimanche? Je trouverais bien, voilà tout.

Je me suis donc rendu, en fin d'avant-midi, au magasin et ai attendu. J'ai mangé un sandwich et ai attendu. J'ai bu un café, puis un deuxième, et j'ai attendu. Jusqu'à ce qu'amèrement déçu — il était près de seize heures — je me décide à rentrer chez moi, piteux et penaud. Par chance, Solange avait une sortie ce soir-là, me laissant seul avec mon obsession. Car c'en était bien une. Alors, pour la première fois depuis fort longtemps, j'ai sorti la bouteille de rhum du placard, m'en suis versé une bonne rasade pour tenter d'oublier cette femme ou pour permettre au lendemain d'arriver plus vite… J'ai bu plus que je ne l'aurais dû, puisque c'est Solange qui m'a réveillé alors que j'étais écrasé sur le canapé. Par chance, j'avais eu le bon sens de rattacher mon pantalon avant de sombrer dans l'alcool. Car mon dernier souvenir était de m'être péniblement lavé les mains après avoir joui seul, le pantalon lamentablement enroulé autour des hanches, en train de l'imaginer, Elle, à genoux devant moi, ouvrant sa bouche ardente pour m'accueillir.

• • •

Le lundi 17 octobre, je me suis levé très en avance. Qui plus est, j'ai été prêt à partir au travail ridiculement tôt, ce qui a éveillé les soupçons de Solange.

— Qu'est-ce qui te prend, toi, ce matin ?

— Oh ! tu sais, c'est une période occupée, au magasin. On a une réunion pour discuter des quarts de travail durant la période des Fêtes. Bon, il faut que j'y aille…

Un autre mensonge. Décidément, ça devenait une fâcheuse habitude. Mais j'étais fébrile, et tout ce que je voulais, c'était me rendre au boulot le plus vite possible, m'installer à mon poste et attendre « ma » cliente. Il me restait beaucoup d'heures à attendre avant sa visite, de longues heures… Le lundi matin, le grand magasin était en effet généralement peu achalandé et d'un ennui mortel. Tout le monde sait qu'il ne se passe jamais rien, le lundi. Mais je m'en foutais éperdument; j'attendrais sagement la visite de la belle, prêt à l'accueillir et à savourer un peu de ce qu'Elle voudrait bien partager avec moi. J'ai eu l'heureuse surprise de la voir arriver vers dix heures. Peut-être ne travaillait-elle pas ce jour-là ? Cette pensée m'a amené à me demander quel pouvait être son métier. Elle pouvait facilement être mannequin, mais je lui prêtais des ambitions différentes. Je l'imaginais plutôt comme la directrice d'une importante compagnie de cosmétiques, peut-être, ou encore d'une revue de mode, mais cela avait peu d'importance. Elle était là, sous mes yeux, et c'était ce qui comptait. Elle semblait d'ailleurs beaucoup moins pressée que d'habitude. Elle déambulait au gré des allées, examinant tantôt une veste, tantôt un pantalon. Elle a essayé un magnifique manteau orné de fourrure et s'est admirée longuement dans un long miroir. Elle affichait l'air rêveur de quelqu'un qui hésite à se payer un cadeau. Pourrait-elle se l'offrir? Elle a continué à se balader et s'est arrêtée devant le comptoir des bijoux. Les Galeries de la Mode s'enorgueillissaient effectivement de posséder un vaste assortiment de pierres précieuses et d'or. Elle a essayé un collier de perles, des bagues chaussées de diamants et des bracelets ornés de minuscules émeraudes. Elle a longuement hésité devant des boucles d'oreilles que je ne pouvais pas voir précisément, mais dont l'éclat était évident. Puis, elle a continué sa route, semblant marcher sans but précis. Tout à coup, son visage s'est illuminé d'un sourire quand un homme, grand, impeccablement vêtu et à la démarche assurée s'est dirigé vers elle.

Mon cœur s'est serré à cet instant. C'était absurde! Pourquoi la vision de cette femme superbe avec son amant tout aussi superbe qu'elle me perturbait-elle? Je n'avais pas l'intention de tenter de la séduire, quand même! Entre cet homme imposant et mon humble personne, il y avait tout un monde! Il était en effet immense, alors que j'étais petit. Il était svelte, et j'étais grassouillet. Il avait d'épais cheveux noirs et ondulés, alors que les miens, grisonnants, devenaient de plus en plus épars. Je n'avais vraiment aucune chance avec une telle femme, aussi était-il plutôt stupide d'essayer de penser le contraire.

J'ai néanmoins eu la curiosité malsaine de suivre des yeux les deux amants. Ils se sont dirigés vers le rayon de la lingerie fine, et elle a montré à son compagnon quelques-uns des ensembles qu'elle avait déjà essayés en minaudant. L'homme a fait lentement le tour des étalages, sélectionnant à son tour quelques vêtements qu'il lui a tendus. Le moins que l'on puisse dire, c'était qu'il avait des goûts un peu moins sobres qu'elle. En effet, alors qu'elle semblait préférer les vêtements chics et séduisants à d'autres, plus vulgaires et trop suggestifs, lui priorisait les ensembles ne laissant aucune place à l'imagination. Il a placé devant elle d'étroits bustiers, qui semblaient inconfortables mais excitants, ainsi que de minuscules cache-sexe aux porte-jarretelles assortis. Elle riait, ils riaient tous les deux, ils s'embrassaient… ils semblaient heureux, en un mot. On le serait à moins ! Elle s'est finalement emparée du bustier le plus osé et d'un cache-sexe muni de porte-jarretelles, avant de se diriger vers les cabines d'essayage. Comme j'étais heureux ! Ma divine inconnue se transformerait bientôt, devant moi, en femme moins respectable. Cette simple pensée m'a fait bander dur comme fer.

En arrivant devant les cabines, « ma » cliente s'est approchée de Nicole et a longuement discuté avec elle, l'air complice, tout en désignant son compagnon. Elles ont ricané, regardé l'homme qui semblait produire un certain effet sur la petite Nicole. Puis, la belle étrangère a pénétré dans une cabine. J'ai alors vu Nicole disparaître et se diriger vers le rayon des chaussures. Elle a choisi une paire de longues cuissardes aux talons vertigineux, les a prises avec elle, puis les a laissées devant la porte de la cabine 8, celle où Elle se dévêtait déjà.

Cette fois-ci, « ma » cliente s'est dépêchée d'enfiler les vêtements sélectionnés par son amant. Je l'ai une nouvelle fois admirée lorsqu'elle s'est retrouvée nue, sans cependant prendre le temps de se regarder. Elle a attrapé le bustier, dont l'étroitesse faisait saillir ses seins de manière provocante. La rigidité du tissu rendait qui plus est la taille de la belle inconnue minuscule, tout en arrondissant ses hanches voluptueuses. Sans être gênée outre mesure par ce corset, Elle s'est acharnée à en serrer les cordons à l'avant et a relevé ses seins, de façon à laisser poindre ses mamelons hors du corsage. J'ai aussitôt avancé machinalement une main vers l'écran, espérant toucher ces rondeurs affolantes qui se tendaient sadiquement devant moi. Puis, la cliente a enfilé le minuscule cache-sexe assorti au bustier. Je me suis alors surpris à me demander pourquoi je n'avais jamais remarqué que les Galeries de la Mode vendaient de tels accoutrements… mais quelle agréable façon de le découvrir !

La belle étrangère a ensuite attaché le porte-jarretelles autour de sa taille et y a fixé les bas soyeux qu'elle portait en arrivant dans le magasin. Elle s'est examinée dans la glace et a été visiblement satisfaite du résultat. Elle a donc ouvert doucement la porte de la cabine, a pris les bottes laissées sur place par Nicole et les a enfilées avec des gestes gracieux. L'effet était époustouflant ! J'étais aux anges et terriblement excité, mais je n'étais pas au bout de mes peines.

Ma belle cliente a défait son chignon d'un geste

assuré, permettant à ses magnifiques boucles blondes de se répandre sur ses épaules. Puis, elle a fouillé dans son sac à main et en a sorti un tube de rouge à lèvres éclatant, avec lequel elle a rougi la pointe de ses seins, avant de peindre ses lèvres. Elle s'est par la suite retournée, me laissant tout le loisir d'admirer son magnifique corps de dos : fesses d'une rondeur presque exagérée, cuisses fines enchâssées dans les souples cuissardes, taille minuscule… Et c'est là qu'elle a ouvert la porte de la cabine à son amant, arrivé sur place comme par magie.

En la regardant attentivement, il l'a fait tourner sur elle-même, admirant son choix de vêtements et l'effet final de sa tenue. Puis, il est entré avec elle dans la cabine, a discrètement refermé la porte derrière lui et l'a prise dans ses bras. Il l'a aussitôt embrassée avec une passion dévorante, caressant, pinçant et pétrissant ses fesses délicieuses. Je pouvais voir le jeu de ses mains sur la douce chair de ma belle inconnue. Inconsciemment, j'ai laissé ma propre main faire ce dont elle brûlait d'envie — s'emparer de mon membre déjà tendu —, tandis que je continuais à regarder le couple. La belle étrangère s'était juchée sur un petit tabouret et balançait les seins devant le visage de l'homme. Celui-ci s'en est emparés et les a complètement libérés de leur étroit carcan, léchant goulûment le rouge dont ils étaient ornés. Ensuite, il a repoussé le cache-sexe d'une main, libérant la chaude toison de « ma » cliente, agaçant son sexe d'un doigt impatient. Elle a renversé la tête en arrière, cajolé elle-même ses seins offerts, afin de permettre à son compagnon de multiplier ses caresses. Il s'est alors penché davantage devant elle, a levé l'une des jambes bottées sur son épaule et a léché le clitoris ainsi offert. Je pouvais presque entendre les petits gémissements de la belle, sentir les frissons la parcourir tandis que son amant la dévorait. Puis, il s'est reculé, a écarté les douces lèvres et les a effleurées d'un doigt tendu. « Ma » cliente s'est agrippée à ses cheveux, en proie à une excitation extrême, et a souri lorsque le doigt s'est brutalement inséré en elle. Elle s'est laissée ainsi pénétrer quelques instants, avant d'ajouter son propre doigt à cette douce torture. Elle s'est aussi caressée violemment au rythme de la pénétration et s'est soudainement affaissée, les yeux clos.

L'homme en a profité pour baisser son pantalon et se masturber. Je trouvais étrange qu'il suive à peu près mon rythme, mais c'était très bien ainsi. Il a bientôt approché son membre imposant des cheveux de sa maîtresse. C'est alors qu'elle a ouvert la bouche bien grand et a aspiré la verge en elle, s'agenouillant devant son amant, soumise. Elle semblait savoir ce qu'elle faisait, attirant le pénis presque entier dans sa bouche chaude, prenant une pause, puis aspirant de nouveau. Elle pompait d'ailleurs si fort que je pouvais voir le mouvement de ses joues et que j'en ai eu mal. Mal de la posséder ainsi à distance, de la voir faire ce qu'elle faisait à cet homme devant mon propre corps à l'abandon, vêtue comme elle l'était, à l'endroit où elle se trouvait. Et je voyais bien, trop bien même, les réactions de l'homme, sa queue devenir de plus en plus grosse sous l'assaut de cette bouche sensuelle. Il lui tenait la tête, la forçant à le prendre plus loin, plus profondément, ce à quoi elle ne résistait aucunement. Puis, il lui a fait accélérer sa cadence. J'ai vu la tête de la belle inconnue se presser dans un brouillard blond, jusqu'à ce qu'il l'interrompe, l'invite à se retourner devant le tabouret et, en position toujours agenouillée, à s'y appuyer. Il s'est alors placé derrière elle et l'a enfilée d'un seul coup, la pénétrant avec une telle force que sa tête a heurté le mur de la cabine. Tandis que son dos s'arquait, elle a écarté au maximum les jambes pour mieux le recevoir. J'avais de mon côté une excellente vue sur l'énorme membre s'enfonçant en elle. Je croyais même ressentir, à chaque pénétration, les muscles de son sexe se resserrer autour de ma propre queue. J'étais si excité que j'ai cru que j'allais jouir sans avoir à me toucher. Mais la tension s'est encore accrue.

L'homme s'est en effet relevé et a tiré ma belle par les cheveux, pour qu'elle se mette aussi debout. Elle se laissait malmener sans rien dire, ayant plutôt l'air d'apprécier le manque de douceur dont son amant faisait preuve. Il a alors placé ses poignets sur le cadre du miroir, si bien que j'ai cru qu'elle me regardait. Elle me faisait maintenant face dans toute sa splendeur, offerte, le regard éperdu, une mince couche de sueur perlant au-dessus de sa lèvre supérieure. L'homme s'est alors placé derrière elle; juchée sur ses talons vertigineux, elle était presque de sa grandeur. Elle a bombé les fesses, approchant davantage le haut de son corps du miroir, sur lequel ses seins se sont soudain écrasés, envahissant l'écran qui me faisait face. L'homme l'a à ce moment-là prise de nouveau, durement, sauvagement, aplatissant ses seins et son visage contre le miroir au rythme de ses assauts. Un peu plus, et j'avais la sensation qu'elle passerait au-travers de cette cabine et atterrirait entre mes jambes! Et j'aurais été prêt à l'accueillir, bien sûr! J'étais dur comme je ne l'avais jamais été, et je pompais mon pauvre membre ragaillardi à la cadence de leurs ébats. La belle semblait planer dans un autre monde. Les paupières closes, la bouche ouverte, elle devait fournir un effort surhumain pour réprimer des cris qui auraient sans doute alerté les autres clients. L'homme la fouillait cependant de plus en plus fort, de plus en plus profondément. Je sentais leur jouissance proche, aussi proche que la mienne. Une frénésie s'est soudainement emparée des amants, et leur rythme s'est accéléré, passant de passionné à insoutenable. Elle a ouvert les yeux, laissant des mèches de cheveux trempés lui coller au visage. Elle n'avait plus grand-chose à voir avec la femme sophistiquée et élégante sur laquelle je fantasmais depuis cinq jours. Elle était devenue une tigresse, une putain déchaînée. Elle s'activait autant que lui, jouant des hanches et du bassin en une danse extatique, jusqu'à ce qu'ils atteignent tous deux un orgasme formidable. Ils se sont alors écrasés sur le sol, dans les bras l'un de l'autre, et se sont embrassés, épuisés et repus.

J'en ai profité pour faire, de mon côté, l'examen des dégâts. Une tache embarrassante ornait maintenant mon pantalon. J'avais aussi répandu une flaque imposante dans ma main, qui n'avait pas été suffisante pour contenir le flot de mon plaisir. Je me suis assuré que personne ne traînait dans le corridor menant à mon bureau et me suis faufilé vers la salle de bain pour mettre un peu d'ordre dans ma tenue. J'en suis ressorti quelques minutes plus tard, confus mais béat, flottant sur un nuage d'images indélébiles que je ne dévoilerais à personne et que je conserverais précieusement pour de futurs divertissements.

«Ah! Elle m'a gâté! Si elle avait su que je les observais, les choses auraient sûrement été très différentes», me disais-je.

Solange me traite souvent de gros nigaud.

Je fais comme si c'était faux, même si je sais que c'est la vérité.

Ils ont d'ailleurs été nombreux, au cours des semaines suivantes, à me traiter de gros nigaud.

En fait, ils ont commencé à le faire dès le lendemain de la nouvelle, le mardi matin où on m'a mis à la porte.

Le lendemain du jour où Nicole et sa bande ont dévalisé, pour plus de huit-cent-mille dollars, la succursale des Galeries de la Mode que je devais surveiller. Le jour où ils l'ont dévalisée, tandis que deux des complices faisaient l'amour dans une cabine d'essayage.

On a lu dans les manchettes des journaux : « Agent de sécurité voyeur dupé », ainsi que d'autres titres du même genre.

C'était un lundi, le lundi 17 octobre que ça s'est passé.

Il ne se passe jamais rien, le lundi…

Une question
d'honneur

Claude écoutait discrètement la conversation émanant de la table voisine, celle à laquelle le «club des jeunes divorcées mal baisées» tenait sa réunion hebdomadaire. Ce n'était pas la première fois que ses oreilles percevaient les propos parfois choquants, parfois drôles et souvent pathétiques de celles qui s'étaient elles-mêmes affublées de ce quolibet. Le hasard voulait qu'elles s'installent toujours à la table voisine de la sienne. Claude ignorait si elles se rencontraient plusieurs fois par semaine, mais le vendredi soir, immanquablement, elles se réunissaient toujours assez près pour qu'il lui soit facile — trop facile, même — de suivre leur conversation. Les quatre commères ne se doutaient pas à quel point il était facile et tentant pour les autres clients de l'établissement de suivre leurs turbulentes mésaventures comme un télé-roman, car elles ne chômaient pas, les divorcées! Claude se rendait compte que chaque semaine, au moins l'une d'entre elles racontait une histoire récente au dénoue-ment généralement désastreux. Cependant, et ce qui perturbait le plus Claude, c'était que les anecdotes, bien que nombreuses et variées, parvenaient toujours au même constat: l'incapacité chronique des hommes à faire jouir convenablement une femme. Selon les divor-cées, les hommes étaient soit trop occupés à démontrer leur endurance — les «pompant» éternellement sans se soucier de leur bien-être ou de leur plaisir —, ou bien il s'agissait d'éjaculateurs précoces, au sens non clinique du terme, qui se contentaient de quelques coups à la va-vite, et hop! dodo. De plus, aucun d'entre eux ne semblait comprendre ou même admettre l'existence de concepts comme les préliminaires ou la jouissance clitoridienne. À écouter ces quatre commères, tous les hommes auraient été convaincus que leur queue détenait le pouvoir ultime de faire jouir les femmes, peu importait la façon dont ils l'utilisaient. Les oreilles de Claude supportaient tant bien que mal ces boutades.

— Ce con n'a même pas pris la peine d'enlever ses bottes! La quatrième fois qu'il m'a écrasé les orteils, il a fallu que je fasse semblant de jouir pour qu'il en finisse!

— Ben, le mien, il est venu avant de descendre son pantalon. Il était tellement humilié… J'ai eu beau lui répéter que ce n'était pas grave, que nous pouvions nous amuser quand même et que la prochaine fois serait peut-être mieux, mais non. Un autre qui croyait sa queue essentielle à toute expérience sexuelle!

— Et moi, celle du dernier, elle était tellement petite qu'au début, je croyais que c'était son doigt. Je me suis dit: «Tiens, un bonhomme qui sait qu'il peut s'en servir!» Mais non, ce n'était que sa queue, et il l'a remuée durant environ trois minutes, sans bouger aucun autre muscle de son corps. Ensuite, il s'est retiré, a mis son pantalon et m'a offert un verre.

Claude trouvait tout cela désolant, même s'il lui fallait bien admettre que ces affirmations s'appliquaient malheureusement à beaucoup d'hommes. Certains étaient effectivement maladroits ou simplement ignorants, d'autres purement égoïstes. Mais de là à généraliser et à condamner la gent masculine toute entière, c'était injuste. Il y en avait quand même quelques-uns qui faisaient des efforts! Ces femmes avaient juste été victimes d'une malchance inouïe, dommage pour elles.

Cette dernière pensée fit alors germer une idée dans sa tête. Elle se matérialisa peu à peu, prenant une forme de plus en plus attirante et réalisable. Après un dernier verre, Claude choisit d'aller mûrir son plan au lit, en solitaire.

• • •

Deux semaines plus tard, les quatre commères discutaient toujours au même endroit. Pour Véronique, cette conversation s'était toutefois transformée en une espèce de bruit de fond sans substance. Elle avait beau tout tenter pour se concentrer sur les paroles échangées autour de la table, rien n'y faisait. Elle n'arrivait à détourner le regard de la porte d'entrée que pendant une fraction de seconde, afin de faire croire à ses amies qu'elle était toujours parmi elles. Mais happée par son désir, elle retournait sans attendre à son observation, dans l'espoir futile de voir Claude apparaître.

Une mince silhouette se dessina soudain à contrejour, et le cœur de Véronique fit un bond. Était-ce lui? Était-ce le jeune homme un peu étrange qui lui avait fait passer une nuit si incroyable? Non. Celui-là était trop vieux et trop bâti. La déception de Véronique était cuisante. Il ne viendrait probablement pas; après tout, c'est bien connu, les hommes sont tous des salauds. C'était d'ailleurs toujours la même rengaine du «club», qui avait vu le jour presque un an plus tôt et dont les membres s'étaient promis que chaque semaine, beau temps mauvais temps, et à la même table, elles se paieraient la tête des pauvres types qui les avaient tant fait souffrir. Et même si elles savaient toutes que rien de tout cela n'arrangerait les choses ni ne guérirait d'anciennes blessures, ce rituel leur faisait un bien fou.

Ce soir-là, Véronique savait très bien qu'elle pouvait se permettre d'ignorer quelques boutades, puisque de toute façon, la discussion portait toujours sur le même sujet : les hommes et leur bêtise. Certes, elle partageait l'opinion de ses consœurs jusqu'à un certain point. Elles étaient toutes les quatre très différentes les unes des autres, mais toutes jolies, intelligentes, cultivées, drôles et généreuses. Et elles s'étaient toutes fait avoir par quatre crétins très différents les uns des autres, mais tous égoïstes, peureux, menteurs, manipulateurs et la seule tête dont ils savaient se servir (et même ça, c'était discutable !) reposait au bout d'une verge molle et très peu appétissante. Cependant, cela ne voulait pas dire que tous les hommes étaient aussi vils… Claude, par exemple, prouvait le contraire. Véronique se rendit brutalement compte qu'elle ne connaissait, en réalité, presque rien de lui, sinon qu'il était doux, patient, réceptif et que c'était le seul homme qui soit parvenu à la faire jouir trois fois d'affilée sans rien lui demander en retour. Il semblait assoiffé de sexe, mais d'une manière différente des hommes qu'elle avait connus auparavant. Il avait manifesté un zèle et une concentration si intenses en lui faisant l'amour qu'elle avait dû par la suite nuancer son jugement envers la gent masculine. « En lui faisant l'amour » n'était toutefois peut-être pas la formule exacte. « En la faisant jouir, elle » aurait été plus juste, puisqu'il avait refusé de la pénétrer, préférant, disait-il, faire monter le désir en prévision de leur prochaine rencontre.

Peut-être avait-il un problème quelconque? Le cynisme et l'amertume que Véronique éprouvait envers les hommes l'incitaient à croire qu'il y avait sûrement quelque chose qui clochait chez lui. Néanmoins, à la seule pensée du plaisir qu'il lui avait procuré, Véronique ressentit une bouffée de chaleur lui envahir le bas-ventre et lui chauffer les joues.

— Mais qu'est-ce que tu as, toi, aujourd'hui?

— Oh! rien… Ce n'est rien.

— Ma parole, tu es toute rouge! Ton regard fuyant et cette façon que tu as de fixer la porte… Tu attends quelqu'un?

— Peut-être…

Il n'en fallut pas plus. Le «club» avait beau pester contre les mâles, ses membres étaient toujours à l'affût d'une nouvelle romance ou d'un potin juteux. Elles cuisinèrent donc Véronique tant et si bien que celle-ci dut tout raconter.

«Il s'appelle Claude. Je l'ai rencontré à l'épicerie… imaginez ça! Devant les boîtes de sauce tomate!» Elle ne leur dit pas tout, au départ. Mais après maintes plaisanteries et de longues minutes de torture, elle finit par leur avouer qu'il avait fait naître en elle un désir si puissant et si sauvage qu'elle l'avait invité chez elle le même soir. Elle leur raconta même que sitôt la porte entrouverte, elle s'était laissée choir dans ses bras et avait été étonnée de l'étreinte douce, chaude et presque maternelle qu'il lui avait réservée.

— Est-ce tout ce qu'il y a eu d'inhabituel? demandèrent les commères.

— Oh non! Il n'a même pas essayé de me faire l'amour… enfin, pas de la façon dont je l'anticipais.

Après m'avoir excitée à coup de baisers plus enflammés les uns que les autres, il m'a conduite dans ma chambre et m'a étendue sur le lit en me retirant mes vêtements. Ensuite, il a retiré sa ceinture et a lâchement ligoté mes chevilles aux pattes du lit. Puis avec la mienne, il a fait la même chose avec mes poignets. Il m'a longuement regardée et, en voyant que j'étais un peu tendue, il m'a simplement dit : « Tu es belle… N'aie pas peur… »

Elle fit une pause, remarquant que les trois autres membres du « club » buvaient littéralement ses paroles. « Continue ! On veut tout savoir ! », lui demandèrent-elles en chœur. Véronique ne se fit pas prier. Elle raconta qu'elle avait pris une longue inspiration, réalisant tout à coup qu'elle avait peut-être commis une grave erreur en invitant Claude chez elle. Elle avait en effet toujours fait confiance à son instinct, mais s'il avait fallu que… « Eh bien, ça m'apprendra ! », s'était-elle dit. Son appréhension s'était cependant calmée lorsque Claude avait commencé à caresser ses cuisses du bout des doigts. Tout à coup, elle avait été traversée de délicieux frissons. Les mains de son amant avaient glissé, légères et caressantes, le long de ses jambes et de ses côtes, puis s'étaient tendrement emparées de ses seins, qu'elles s'étaient amusées à chatouiller, avant que la douce bouche ne les embrasse goulûment. Ces lèvres merveilleuses avaient ensuite fait le chemin inverse et parcouru son corps frissonnant, pour finir leur course entre ses cuisses écartées. Là, une langue sublime l'avait léchée, tétée, mordillée avec un talent fou. Elle n'avait pas tardé à succomber à un premier orgasme, faisant sourire son tendre agresseur. Elle avait lentement repris son souffle, la tête de Claude posée sur son ventre, sentant les doigts de son amant agacer son sexe ruisselant d'une main si douce qu'elle semblait presque distraite. Il avait continué de la sorte un moment, puis son toucher s'était affermi. Il avait soudain glissé un doigt en elle, puis un deuxième. Elle l'avait alors prié de la posséder; elle le voulait tant en elle! Mais Claude s'était contenté de la caresser de plus en plus vite, jusqu'à ce qu'elle jouisse. Il l'avait ainsi laissée attachée au lit durant de longues heures de supplice, entrecoupées de quelques courts répits durant lesquels il lui apportait à boire, entre deux orgasmes. Elle était subjuguée. Chaque fois qu'elle était convaincue qu'il lui serait impossible de jouir de nouveau, il modifiait subtilement ses caresses pour lui arracher d'autres soubresauts de plaisir. Il l'avait ensuite quittée au milieu de la nuit, lui refusant le plaisir de sentir son corps nu contre le sien. Elle s'était finalement endormie, tout à fait comblée.

Les trois autres divorcées étaient pendues à ses lèvres. Était-il possible qu'un homme si merveilleux existe? Elles tentèrent d'en savoir davantage, de nourrir leur fantasme de détails plus concrets, mais Véronique n'avait rien d'autre à leur offrir. Ce soir-là, les quatre «divorcées mal baisées» eurent de nouveau recours à leur propre main pour s'endormir.

$$\bullet \ \bullet \ \bullet$$

Claude s'observa une dernière fois dans la glace. Un visage anguleux, mais aux traits doux, de même qu'une élégance et une finesse qui possédaient le charme d'un autre âge. Ses cheveux soyeux flottaient librement sur ses épaules bien découpées, quoique étroites. Sa taille haute, mince, était mise en valeur par un veston à la coupe élancée et un pantalon lâche. Mais c'étaient ses yeux, surtout, qui attiraient l'attention. Des yeux gris, lumineux, entourés de cils épais qui faisaient l'envie de plus d'une femme. Ces prunelles avaient bien l'intention d'en séduire plus d'une, d'ailleurs. Claude avait en effet un but; un but audacieux, certes, mais valable et né d'une situation imprévue: démontrer à tout prix à chaque membre du «club» qu'il n'y avait pas encore lieu de désespérer des mâles de ce monde. Elles devaient connaître, au moins une fois dans leur vie, un partenaire inoubliable, une aventure brève mais entièrement consacrée à leur jouissance ultime. Il ne serait pas question d'une queue qui banderait peu ou mal, ou bien d'un amant qui n'aurait que faire de leur corps. Claude en avait fait sa mission, et son opiniâtreté était légendaire. Il lui faudrait, cependant, faire preuve de prudence, car les femmes étaient si généreuses en confidences! Claude avait donc planifié sa stratégie avec soin. Ce soir, il était temps de passer à la deuxième phase de son plan.

En ébouriffant ses cheveux d'un geste machinal, Claude constata l'heure tardive. Il lui fallait maintenant choisir sa seconde proie. Véronique devait déjà l'attendre avec impatience; la tentation de passer un autre moment agréable avec elle était forte, mais cela ne ferait pas avancer sa cause. Il était indéniablement préférable d'en séduire une autre. Un sourire presque machiavélique éclaira son visage, et sa langue humecta ses lèvres à la manière d'un loup flairant un lièvre.

• • •

En le voyant arriver, Véronique avala une gorgée de son martini de travers et s'étouffa bruyamment. Embarrassée, elle tenta de garder son calme et d'afficher un air innocemment étonné de le voir là. Après les présentations d'usage, Claude commanda sa boisson préférée et, ne pouvant s'empêcher de remarquer les regards appuyés que les copines lui lançaient, il ressentit une certaine fierté. Véronique n'avait donc pas été capable de se retenir de tout leur raconter! Et de toute évidence, cela les avait fortement impressionnées. Tant mieux! La partie serait ainsi plus facile à gagner que prévu! Se calant dans un siège, Claude sirota tranquillement son verre en essayant de déterminer quelle jeune divorcée serait la plus susceptible de céder à ses charmes, malgré son amitié pour Véronique. Les femmes, c'était bien connu, aimaient prétendre qu'elles étaient loyales envers leurs amies, jusqu'à ce qu'une conquête particulière vienne semer tous leurs beaux principes aux quatre vents. Après les avoir observées discrètement l'une après l'autre, une candidate s'imposa à son esprit. Dans la jeune quarantaine, jolie et rondelette comme un bon fruit bien mûr, Joannie parlait un peu plus fort et plus vite que les autres, cherchant visiblement à faire bonne impression sur Claude. Elle ricanait à la moindre blague, au moindre prétexte, simplement pour lui lancer une œillade aussi discrète qu'éloquente… Ah! Mais c'était une championne! Elle s'était entretemps rapprochée de Claude si subtilement que personne ne s'en était rendu compte. À force de rires et de gestes soutenus, elle était parvenue à se glisser, millimètre après millimètre, si près qu'elle lui touchait la jambe. Elle avait maintenant la cuisse appuyée fermement contre la sienne et s'y frottait doucement et discrètement. Véronique n'avait encore rien vu, trop occupée à contrôler son envie d'exprimer ouvertement son désir. Quant aux deux autres amies,

Pascale et Lina, elles placotaient autant que des pies de basse-cour.

Claude ne se fit pas prier et rendit la pareille à Joannie, qui ne laissa rien paraître. Le couple flirta ainsi une bonne heure, jusqu'à ce que les deux autres divorcées manifestent leur intention de les quitter. Le cerveau de Claude fonctionna alors à toute allure, afin de gérer la suite des événements. À l'instant même où Pascale et Lina se levèrent de leur siège, il devint délicat pour Claude et Joannie de poursuivre leur opération de séduction. Puis survint l'éclair de génie:

— Je vous raccompagne, Mesdames? demanda galamment Claude à Véronique et à Joannie.

— Oh! Nous pensions prendre le métro, mais si ça ne t'ennuie pas, comme il est déjà tard… répondit Véronique.

Après avoir bien calculé l'itinéraire à prendre, tout rentra dans l'ordre. Claude raccompagna tout d'abord Joannie, en prenant soin de lui faire mentionner son numéro d'appartement, puis ce fut au tour de Véronique. Devant l'immeuble de cette dernière, Claude l'embrassa longuement et tendrement, puis prétexta un service à rendre à un copain le soir même pour s'éclipser. Déçue, Véronique lui fit promettre de lui téléphoner sous peu. Et sitôt qu'elle fut rentrée, Claude fit démarrer sa voiture et refit en sens inverse une partie du trajet parcouru, retournant chez Joannie qui attendait sa prise, sans aucun doute, à bras ouverts.

Elle était effectivement prête à l'accueillir et ouvrit la porte bien grand, dévoilant une demi-nudité fort attrayante. Ruisselante, elle sortait à peine de la douche. Sa peau, envahie par la chair de poule, se laissait cajoler par la douce brise que son négligé ne protégeait guère. Ses mamelons dressés appelaient la caresse, et de ses cheveux mouillés coulaient des gouttes langoureuses, s'amusant à s'accrocher à ses seins.

Claude entra sans dire un mot et s'empara des fruits si savamment offerts. Ses mains s'appliquèrent à les réchauffer, puis ses lèvres prirent la relève. De petits coups de langue en mordillements, Joannie s'abandonna rapidement à ses voluptueuses attentions. Elle sentit la chair délicate entre ses jambes s'humecter, gonfler et s'ouvrir lentement. Elle eut une pensée pour Véronique juste avant que Claude ne s'agenouille devant elle. Mais celle-ci, éphémère, s'envola lorsqu'elle sentit la langue de son nouvel amant lui écarter doucement les cuisses et l'envahir de sa chaude haleine. Elle s'étendit là, devant la porte d'entrée qu'un coup de pied distrait avait refermée, et laissa sans remords la langue étrangère la déguster lentement, lui arrachant de délicieux soupirs et halètements. Claude la contempla un moment, puis déposa de doux baisers sur sa gorge, son ventre et ses hanches dressés de plaisir. Joannie ne fut pas déçue. Elle sentit tout d'abord la langue de son amant bien écarter ses lèvres et en dessiner les contours méthodiquement, comme si elle tentait d'en apprendre par cœur les moindres détails. Puis, elle devina qu'un doigt s'insérait dans chacun des replis, sondant sa chair avant de franchir le seuil ultime de son corps. Ce doigt timide devint vite plus frondeur, fouillant son corps frénétiquement, jusqu'à ce que la main presque entière n'envahisse cet espace. Puis, la langue refit son apparition, léchant et suçant au rythme de la pénétration manuelle. Joannie n'en pouvait plus. Elle se savait près de la jouissance et tentait l'impossible pour la retarder. Ce furent à cet instant que les caresses changèrent de rythme. Après avoir réalisé des poussées presque sauvages, Claude devint tout à coup subtil, doux… trop doux, peut-être. La main se retira, la langue recula, et ce ne fut plus que son souffle qui vint attiser, agacer le sexe flamboyant de Joannie. Claude en écarta alors les lèvres à nouveau et souffla doucement, comme pour tenter d'assécher ce clitoris luisant d'excitation avant de prendre une certaine distance, planant au-dessus de la femme, la faisant presque crier de désir. Elle appelait de tout son être ce corps qu'elle connaissait à peine et qui allait sans doute se dévêtir, avant de la pénétrer sauvagement. Mais elle se trompait! Son amant se redressa plutôt, s'installa le long de son propre corps et, à l'aide du négligé abandonné, lui banda les yeux.

Claude retira ensuite ses chaussures, s'étendit en sens inverse de Joannie, puis laissa son pied glisser le long de la cuisse veloutée et s'appuyer contre le sexe humide et invitant. De douces rotations s'ensuivirent, encerclant lentement la chair tendre, puis un orteil se posa au seul endroit susceptible de la faire jouir. Elle sursauta de surprise, avant de se laisser pétrir.

— Je n'en peux plus… viens plus près, c'est ta queue que je veux! cria-t-elle.

Ce cri du cœur sembla encourager l'orteil de Claude, qui s'appuya encore davantage entre les lèvres béantes. Ses mouvements devinrent plus exigeants, plus brutaux. Joannie pensa même qu'il était entré en elle. Claude s'étendit alors au-dessus d'elle, l'embrassa à pleine bouche, fouillant sa gorge de sa langue délicieuse, et la pénétra une fois de plus de sa main gourmande. Elle pouvait deviner chacun de ses gestes… les quatre doigts fouillant sa chair presque douloureusement, alors que son pouce s'acharnait sur le tout petit bout de chair si vulnérable. Quelques minutes à peine suffirent. Claude sentit les muscles de Joannie se contracter violemment, avant de se libérer en de délicieux spasmes qu'il lui fallait absolument goûter. Sa bouche s'enfouit entre les cuisses brûlantes de sa victime, et Claude eut, une fois encore, un triomphe inégalé.

• • •

Véronique ne tenait plus en place, et son humeur était massacrante. Il y aurait une rencontre du «club» le même soir, et elle était toujours sans nouvelles de Claude. Ses «joyeuses divorcées» de consœurs ne manqueraient sûrement pas de s'informer au sujet de son «idylle», et elle aurait l'air ridicule. Pas le moindre coup de fil! Le salaud! Il l'avait bien eue, avec ses histoires de faire monter le désir jusqu'à la prochaine fois! Elle s'était fait avoir comme une adolescente. Mais le pire, dans toute cette amertume, c'était qu'elle nourrissait encore pour Claude un désir totalement inexplicable. Elle savait que s'il lui téléphonait là, maintenant, elle serait tout sourire et prête à le recevoir sur-le-champ, et cela la mettait encore plus en rogne. Comme elle se détestait! Depuis leur première rencontre, elle n'arrêtait pas de faire des rêves éveillés dans lesquels elle le déshabillait complètement, saisissait sa verge à pleine main et la glissait en elle. Elle se voyait onduler langoureusement, broyant le membre énorme de son amant bien enfoui en elle, l'entendait gémir comme elle-même l'avait fait la semaine précédente. Elle le chevauchait, accélérant dangereusement sa cadence pour l'emmener au bord de l'orgasme, puis ralentissant pour le faire languir davantage. Cette vision provoqua des fourmillements dans son bas-ventre, tandis qu'une colère sourde l'envahissait. « Eh bien, tant pis pour lui ! » se dit-elle, achevant les préparatifs de sa sortie.

Elle arriva au restaurant en avance et ne vit que Joannie au bar, en train de siroter un martini. Elle s'approcha de son amie et lui trouva la mine défaite.

— Qu'est-ce qui ne va pas, Joannie ? Tu n'as pas l'air dans ton assiette…

— Merci, c'est gentil ! Bof… ça va, rien d'important. Et toi ? Quoi de neuf ?

— Oh ! tu sais, toujours la même chose… Les hommes sont tous des salopards.

— Ah, ça, Véro, j'en sais quelque chose ! Laisse-moi deviner, le beau Claude n'a pas redonné signe de vie ?

— J'aurais dû le savoir.

— J'aurais pensé que… en te raccompagnant l'autre soir…

— Eh bien non ! Il devait donner un coup de main à un copain, pour je ne sais plus quoi…

— Ah ! les copains…

Joannie poussa un long soupir avant d'ajouter :

— Ils nous prennent pour qui ? Un copain, ouais…

— Quoi ? Tu crois qu'il voyait quelqu'un d'autre ?

— J'en sais rien. Peut-être…

Joannie rougit furieusement. Elle était soulagée de savoir que Véronique n'avait pas revu Claude, et qu'elle ne savait donc rien de ce qui s'était passé entre eux. Elle éprouva même une petite joie en réalisant que sa copine n'avait pas non plus eu le plaisir d'une « deuxième fois ».

Néanmoins, elle avait peur d'en avoir trop dit, même si sa remarque n'avait rien d'exceptionnel. Elle prit par conséquent une longue gorgée de son cocktail afin de se ressaisir, et feignit de ne pas remarquer le regard chargé de doute que lui lança son amie. Heureusement pour elle, les deux autres divorcées firent au même instant leur apparition. Après avoir appris la déprime de Véronique et formulé les commentaires d'usage, elles se dirigèrent vers leur table habituelle. Ce fut Joannie qui, cette fois-là, retint l'attention du groupe par son attitude songeuse. Ses copines tentèrent de lui soutirer des informations, mais durent conjuguer leurs efforts, et ce, durant presque tout le repas, avant de réussir à la faire parler.

— Bon, moi aussi j'ai rencontré quelqu'un, et moi non plus, je n'ai pas eu de nouvelles depuis un bon moment. Voilà, je ne dirai rien de plus.

Les trois autres se regardèrent, ébahies. Joannie était sans conteste la plus coriace des quatre divorcées, mais aussi la moins entreprenante. Elles ne lui avaient en fait connu aucune aventure depuis son divorce et étaient complètement dépassées. Il n'était donc pas question qu'elles la laissent s'en sortir si facilement. Elles questionnèrent, harcelèrent, blaguèrent; rien n'y fit. Son silence devint même suspect lorsqu'elle menaça de partir après une remarque des plus anodines de Véronique. Ses amies ne la prenaient toujours pas au sérieux, alors elle se leva et attrapa son sac à main. Véronique intervint une fois de plus:

— Allez, ne te fâche pas! Donne-nous au moins des miettes pour nous satisfaire. Après, on te laissera tranquille! Là, en ne disant rien, tu nous fais croire toutes sortes de conneries...

— Bon! vous l'aurez voulu. Ce n'est vraiment pas si excitant que cela. J'ai rencontré un type, il m'a fait perdre la boule. On a passé presque une nuit ensemble et je n'en ai plus entendu parler. Satisfaites? C'est tout ce que vous saurez.

Mais elle ne pouvait pas s'en tirer à si bon compte. Fidèles à leur habitude, les divorcées la bombardèrent de questions : il était comment au lit? Il avait l'air de quoi? Avait-il une grosse queue? Joannie s'impatientait. Elle était visiblement mal dans sa peau et finit par exploser :

— Je ne sais pas s'il avait une grosse queue, il ne m'a pas laissé y toucher! Il m'a fait jouir comme ça ne m'était pas arrivé depuis trop longtemps! Il ne m'a pas fait l'amour parce qu'il voulait faire monter le désir pour la prochaine fois! Mais la prochaine fois n'arrivera pas, alors maintenant, laissez-moi tranquille!

Sa réponse tomba comme un couperet, et un silence de mort l'accueillit. Seule Véronique la regardait, ou plutôt la dévisageait. Le teint livide et la bouche grande ouverte, elle était littéralement pétrifiée. Joannie, réalisant qu'elle venait de se compromettre, se leva si brusquement qu'elle en renversa sa chaise et s'enfuit, l'œil humide et rouge de honte.

Pascale et Lina n'en revenaient pas. Elles osaient à peine respirer et laissèrent de longues minutes s'écouler avant de s'aventurer à parler. Ce fut Pascale qui, la première, brisa le silence :

— Véro… Eh, Véro… ça va?

Cette dernière se retourna lentement vers son interlocutrice. Elle semblait lointaine et tremblait de colère :

— La garce! Comment a-t-elle pu…

— Comment a-t-il pu, tu veux dire! N'oublie pas

qu'il a sa part de responsabilité là-dedans, lui aussi! Un salaud de plus, je te le dis!

Lina s'en mêla:

— Oui, pour être un salaud, c'en est un vrai!

Elles marmonnèrent pendant un bon moment. Véronique était quant à elle totalement obsédée par l'idée de découvrir le moment où le crime avait pu se produire, et comment elle aurait pu agir pour l'empêcher. Elle imaginait aussi ce qu'elle aimerait faire à cette salope de Joannie. Quant à Pascale et à Lina, en toute honnêteté, elles étaient ravies de la tournure des événements. Après presque un an, quelque chose d'excitant s'était enfin produit! Il n'y avait aucun doute que le « club » venait de radier indéfiniment l'une de ses membres, mais l'action que ce drame venait de générer valait largement les désagréments!

• • •

Ce fut à la librairie près de chez elle que Pascale revit Claude. Elle y venait tous les vendredis, après le travail, y bouquinant tranquillement pour voir si un nouveau roman attirerait son attention. Elle tenta de l'éviter mais, comme il s'avançait déjà vers elle, elle décida que la froideur et l'arrogance lui montreraient clairement à quel point elle désapprouvait le sort qu'il avait réservé à ses deux amies. Il était de son côté tout sourire et d'une parfaite assurance. Le pantalon ajusté qu'il portait le faisait paraître encore plus mince. Sa démarche était fluide, comme s'il dansait vers elle, et Pascale ne put s'empêcher de sentir — bien malgré elle — une intense bouffée de désir l'envahir. Les paroles de Véronique lui revinrent alors en mémoire: en regardant les mains de

Claude, elle imaginait leur contact sur sa peau. Puis, il y avait eu Joannie, qui avait avoué n'avoir jamais joui de la sorte auparavant. Mais qu'avait-il donc de si spécial? Rien qu'elle pût identifier, plutôt une impression. L'impression qu'on pouvait s'abandonner aux caresses de cet homme sans courir le moindre danger, hormis celui de mourir de plaisir, si elle en croyait ses deux amies. Ses deux amies... elle était presque en train d'oublier quel salaud il était. En y repensant bien, elle se dit que le «club des jeunes divorcées mal baisées» était probablement en voie de dissolution. Véronique n'était effectivement pas prête de pardonner à Joannie sa traîtrise, qui n'avait d'ailleurs donné aucune nouvelle depuis la dernière rencontre. La voix charmeuse de Claude la tira de sa rêverie:

— Bonjour! C'est Pascale, je crois?

— Euh... oui! C'est bien ça. Comment ça va?

— La grande forme!

Pascale était abasourdie. Cet homme ne semblait avoir aucun remords. Pas la moindre petite gêne, ni le plus infime embarras. Elle ne put s'empêcher de le mettre à l'essai.

— Comment va Véronique? Je ne l'ai pas vue depuis la semaine dernière...

— Ah! je ne sais pas... Je ne l'ai pas revue non plus.

— Oh! je croyais que...

— Que nous nous fréquentions? Non, rien de tel. C'est une copine.

«Plus maintenant», se dit-elle avant de poursuivre avec un petit sourire méchant:

— Et Joannie? Elle se porte bien?

À ces mots, son interlocuteur resta bouche bée. Elle

avait compté un point. Claude prit une longue inspiration, puis ajouta:

— Ce n'est pas ce que tu crois…

— Dire que tu as presque créé une nouvelle catégorie au sein de notre club, celle des gars corrects!

— Bon, écoute, j'étais heureux de te revoir, mais puisque c'est comme ça…

— Non, excuse-moi. Je n'ai pas pu m'en empêcher.

Claude hocha la tête et réfléchit pendant un moment, avant d'ajouter:

— Tu as mangé?

Pascale lui fit son plus beau sourire, et le couple se dirigea vers un petit café non loin de là. Le repas fut très agréable, et sa fin aurait pu être obscène si la nappe n'avait pas recouvert suffisamment les jambes des deux convives. Les réserves de Pascale s'étaient en effet évanouies lors du service de la soupe; au plat principal, elle trouvait son compagnon fort séduisant; au dessert, sa culotte était trempée; et au digestif, comme s'il fallait étirer le supplice le plus longtemps possible, Pascale tremblait de désir pour cet homme si peu prévisible.

Ils quittèrent le restaurant bras dessus, bras dessous, et lorsque Claude suggéra une promenade en voiture, elle s'empressa d'accepter. Elle laisserait la sienne garée à l'endroit où elle l'était pour le moment.

Ils demeurèrent silencieux durant le trajet. Pascale tenta de s'emparer de la braguette de Claude pour dégager ce sexe qu'elle rêvait de découvrir sous l'étoffe rugueuse de son pantalon, mais en fut incapable. D'un geste à la fois tendre et ferme, Claude éloigna sa main, l'embrassa langoureusement et inséra sa propre main entre les cuisses brûlantes de Pascale. Elle écarta les jambes, lui laissant entrevoir l'ampleur de son désir et tentant de lui rendre l'accès à son intimité plus aisé.

Claude quitta bientôt l'artère principale et se dirigea vers la montagne qui surplombait la ville, et dont le sommet procurait une vue imprenable sur celle-ci. La voiture serpenta le long de la route, avant de s'arrêter dans une des aires de stationnement. Claude coupa le contact, sortit une épaisse couverture du coffre, prit la main de Pascale et la guida le long d'un sentier qui lui semblait familier. Après seulement quelques minutes de marche, Claude étendit la couverture sur le sol et demanda à sa nouvelle flamme de se tenir debout et d'admirer le scintillement de la ville, plus bas. Elle obéit sans un mot et en proie à une moite anticipation. Claude s'agenouilla devant elle et remonta la jupe qui lui enveloppait les hanches. Puis, la culotte de la jeune femme disparut. Pascale écarta légèrement les jambes pour laisser une main la caresser si délicatement qu'elle se demanda si on la touchait réellement, ou bien si cette sensation était seulement due à la brise exceptionnellement douce de cette merveilleuse soirée d'automne.

Lorsqu'elle sentit un doigt s'insérer en elle. Pascale put constater à quel point elle avait besoin de ce contact. Elle était si lubrifiée qu'elle en fut presque embarrassée, l'espace d'un instant. Car Claude avait glissé un deuxième doigt en elle et s'abreuvait maintenant de sa jouissance, dardant furieusement sa langue sur le minuscule point de chair qui la faisait frémir. Elle sentait ses fesses broyées, tandis que la bouche s'écrasait sur son clitoris. Claude devint plus gourmand, aspirant la chair entre ses lèvres, l'écorchant de ses dents. Pascale ne savait plus très bien ce qu'il lui infligeait, mais peu lui importait. Elle avait maintenant les cuisses et les fesses inondées d'un liquide onctueux que Claude insinuait entre ces dernières. À tel point que lorsqu'un autre doigt s'inséra derrière, Pascale fut agréablement étonnée de l'absence de douleur et du plaisir qui l'assaillit. Claude fouillait son corps de partout, l'envahissant jusqu'au plus profond de son être. Elle se sentait balancée par le mouvement alternant des deux mains qui jouaient avec son corps comme du plus exquis violon, et bientôt, elle jouit avec une intensité écrasante. Chancelante, elle s'étendit sur la couverture, n'ayant que faire de la vue splendide qui s'offrait à elle. Elle ne voulait plus qu'une chose : lui arracher ce pantalon qui gardait prisonnier un membre sans doute fort agréable à manier. Toutefois, ce souhait ne semblait pas être partagé par Claude, qui se contenta de s'étendre au-dessus d'elle, obligeant le sexe assoiffé de Pascale à se frotter seulement contre la toile de son pantalon. Elle n'avait même pas repris son souffle que, déjà, il revenait à la charge d'une main pressante. Il roula sur le côté et s'empara de son sexe gonflé de désir en l'écartant doucement, puis appuya d'une façon étonnamment précise un doigt sur son organe le plus sensible, ce qui déclencha chez Pascale un nouveau torrent de plaisir. De petits chocs électriques parcoururent le corps entier de la jeune femme, qui abandonna aussitôt toute idée d'initiative, se laissant bercer au rythme des assauts que son amant lui imposait. Il prenait son temps, narguant, mordillant, caressant. Il devait être musicien pour avoir tant de talent au bout des doigts ! Elle sentait sa jouissance imminente la soulever comme une vague de fond. Puis, elle perdit tout sens de la réalité et vécut un gigantesque orgasme. Elle mit plus de temps à récupérer et pensa même s'être assoupie. Elle ouvrit les yeux, vit que Claude avait déboutonné son corsage et embrassait maintenant ses seins avec une douceur extrême. Cette tendre attention, à l'opposé de la précédente agression, excita Pascale de nouveau.

Puis, Claude sourit et se releva brusquement.

— Je reviens tout de suite… Ne bouge surtout pas, j'ai une idée.

Pascale le vit courir vers la voiture et en retirer une paire de solides gants de cuir, qu'il glissa sur ses mains. Leur contact sur sa peau la fit frissonner, comme si quelqu'un d'autre venait de se joindre à eux. Elle ferma les yeux et se laissa caresser par ce toucher étrange, rude, mais combien agréable. Claude s'agenouilla entre ses cuisses trempées et laissa la main gantée parcourir ce corps brûlant. Puis, l'un des doigts de cuir pénétra la douce chair. Le noir du cuir contre le blanc des cuisses et le rose des lèvres était tout simplement saisissant. Pascale souleva les fesses de plaisir devant cette invasion surprenante, un plaisir qui fut décuplé lorsque l'autre main gantée compléta les caresses à l'entrée de son sexe accueillant. La jeune femme ne songea même pas à le réclamer en elle, se contentant de jouir, une fois de plus, sous cet assaut.

• • •

Il était près de minuit quand Claude raccompagna Pascale à sa voiture. Ils échangèrent un tendre baiser, et Pascale ne put s'empêcher de penser qu'elle ne le reverrait sans doute jamais. C'était dommage, mais sûrement mieux ainsi. Les quelques heures qu'elle venait de passer en sa compagnie demeureraient inoubliables, elle en garderait un excellent souvenir. D'ailleurs, qu'aurait-elle attendu de plus de la part de Claude ? Ils n'avaient tous les deux aucun point commun. Elle lui reconnaissait certes un talent merveilleux, pour ne pas dire exceptionnel, voire extraordinaire. Si extraordinaire qu'elle ne put s'empêcher, l'espace d'un instant, d'avoir une idée saugrenue en tête. Elle regarda son amant partir et suivit sa voiture de vue le plus longtemps possible, avant de mettre la sienne en marche. L'heure tardive lui permettrait de l'espionner à une bonne distance, c'était parfait. Elle le suivit ainsi jusque chez lui, convaincue d'être restée invisible et qu'il ne se doutait de rien. Elle nota l'adresse et partit enfin dormir d'un sommeil réparateur.

Claude, de son côté, se coucha ce soir-là avec le sentiment agréable du devoir accompli. Sa mission avançait plutôt bien. Trois « jeunes divorcées » sur quatre, c'était pas mal en si peu de temps ! Peut-être que bientôt, ces quatre femmes pourraient se revoir, se réconcilier et avouer que les mâles n'étaient pas tous aussi pourris qu'elles le pensaient. Claude savait pertinemment qu'elles avaient toutes joui de façon suffisamment spectaculaire pour oublier le fait qu'elles avaient partagé le même homme. Ce détail pourrait même, éventuellement, les aider à redevenir amies. Tout était donc pour le mieux dans le meilleur des mondes, et Claude considérait avec fierté avoir contribué à redorer le blason de la gent masculine.

Il ne lui restait plus qu'à trouver une idée géniale pour séduire la quatrième, Lina. Mais à en juger par la facilité avec laquelle les autres avaient succombé…

• • •

— Je te le jure, Lina, c'était absolument incroyable !

— Voyons, à ce point-là ?

— Je comprends maintenant pourquoi Véronique voulait le garder pour elle toute seule !

— Donc, il n'y a finalement que moi qui n'ai pas profité de ce fameux Claude…

— Oui. Pour le moment, du moins…

Pascale était intarissable, et Lina en avait plus qu'assez de l'entendre répéter tout ce que Claude lui avait fait. Oui, Pascale était sa meilleure amie. Oui, elles se racontaient tout. Oui, elle était heureuse pour sa copine. Mais là, Pascale commençait à l'énerver. Jusqu'à ce qu'elle lui fît une suggestion alléchante :

— Dis, pourquoi n'irais-tu pas lui rendre visite, à ce cher Claude ? Je sais où il habite, et d'après ce qu'on peut constater, il n'en est pas à une conquête près…

— Tu veux que j'aille chez lui ? Et quoi, ensuite ? Que je lui sorte une phrase intelligente, du genre : « Bonjour ! Il paraît que tu as fait jouir mes amies de manière exceptionnelle. Et comme je ne me suis pas amusée depuis des années, pourrais-tu m'aider ? ». Non, je ne crois pas que ce soit une bonne idée.

— Idiote ! J'avais plutôt pensé à quelque chose du genre : « Bonjour. C'est Pascale qui m'a donné ton adresse, et j'étais dans le coin. Oui, elle prenait le même chemin que toi pour rentrer chez elle, l'autre soir, et a vu où tu habitais. Et elle voulait absolument que je te remette ceci ».

Joignant le geste à la parole, Pascale exhiba l'un des gants que Claude avait utilisé pour la faire jouir, la troisième fois. Lina était étonnée par la débrouillardise de son amie. Cette dernière lui jura bien que ce n'était qu'un hasard, que ce gant avait dû tomber de sa poche quand Claude l'avait raccompagnée jusqu'à sa voiture. « Hum… ça pourrait bien marcher… », se dit Lina, songeuse.

Elle pensa et repensa au scénario mis au point par Pascale. L'idée était bonne, pour ne pas dire géniale, et elle aurait été stupide de ne pas en profiter. De toute évidence, Claude n'avait pas d'attache particulière, et avec un peu de chance, la soirée se terminerait de façon agréable. Le pire qu'il pourrait lui arriver, de toute manière, ce serait de retourner chez elle et d'oublier toute cette histoire. C'était décidé, elle mettrait le plan à exécution mercredi soir, assez tard pour avoir de bonnes chances que Claude soit chez lui et assez tôt pour qu'il ne soit pas trop fatigué, au cas où…

Le mercredi venu, elle s'habilla avec soin et revêtit ses plus beaux sous-vêtements, porta une attention particulière à sa coiffure et n'oublia surtout pas de déposer quelques gouttes de parfum à quelques endroits stratégiques. Elle stationna non loin de l'immeuble dans lequel résidait Claude, prit une profonde inspiration et sortit de sa voiture. Elle tentait tant bien que mal de se détendre, quand elle réalisa qu'elle ne connaissait pas le numéro de l'appartement visé. Elle vérifia les plaques postales des quatre résidants et lut, sur la seconde : « Claude Paré, 2B ». Comme il n'y avait pas d'autres Claude dans l'immeuble, celui-là devait être le bon. Elle monta l'escalier et se retrouva devant la porte du logement 2B. Une douce musique s'en échappait, si bien que Lina faillit tourner les talons. « Et s'il n'est pas seul ? » se demanda-t-elle. Une petite voix lui souffla alors : « Il a fait assez de conquêtes dernièrement, donc il est seul. Si ce n'est pas le cas, remets-lui le gant et pars, c'est tout! Il ne devinera pas nécessairement tes intentions, après tout!».

Lina écouta ce conseil et frappa discrètement à la porte. Rien. La petite voix lui dit, cette fois-ci: «Tes coups étaient si faibles que même moi, je ne t'aurais pas entendue!». La jeune femme cogna donc plus fort et entendit rapidement des pas s'approcher.

Claude vint enfin lui répondre. Semblant tout juste sortir de la douche, son corps n'était recouvert que d'une serviette, retenue d'une main sur la poitrine.

— Claude, excuse-moi, je te dérange...

Lina était confuse. Elle aurait dû penser qu'elle avait de la chance de trouver Claude chez lui, qui plus est en tenue si légère. Toutefois, quelque chose clochait sans qu'elle puisse tout à fait identifier de quoi il s'agissait.

Ce fut à cet instant que Claude la reconnut... et échappa la serviette, révélant enfin à Lina ce qui lui avait échappé: les «jeunes divorcées mal baisées» s'étaient encore fait avoir. Claude n'était effectivement pas comme tous les autres hommes qu'elles avaient rencontrés. Dans sa fébrilité, elle n'avait pas remarqué à l'entrée de l'immeuble la mention «Mme» devant «Claude Paré»...

Une œuvre d'art

Justine nageait en pleine obsession. Elle se trouvait dans une impasse depuis plusieurs mois, et comme elle n'avait jamais connu ce genre de situation auparavant, elle était désemparée. Il ne s'agissait pas d'un cul-de-sac tragique aux conséquences graves, du moins en apparence : sa vie n'était pas en danger, elle n'était pas malade, démunie ou menacée par un quelconque fléau. Non, il s'agissait juste d'Adam ; d'Adam qui attendait là, immobile dans sa peinture, rêvant d'être achevé.

Adam, c'était son fétiche, son idéal, son rêve. Elle avait commencé à le peindre deux ans plus tôt, et n'arrivait toujours pas à se résoudre à lui donner la touche finale qui le compléterait. La toile sur laquelle il figurait était immense. L'homme se tenait debout, les jambes écartées et les bras ramenés derrière la tête, ses cheveux bouclés couleur miel caressant ses épaules massives. Ses yeux translucides affichaient un air de lubricité coquine ; celle d'un homme qui se savait irrésistible et qui en profitait, en abusait, même. Son corps ciselé semblait vouloir se mouvoir lascivement et prendre vie. Sa bouche, aux lèvres pleines, avait l'air d'espérer qu'un corps de femme apparaisse pour l'embrasser. Il se tenait là, debout, attendant qu'on le conquière… lui et la montagne d'argent qu'il surplombait.

Justine était convaincue que son tableau d'Adam, si elle se décidait à le terminer, changerait sa vie ou, du moins, qu'il représenterait le début d'une ère nouvelle, le lancement officiel de sa carrière d'artiste. Elle croyait que son talent se dévoilerait dans toute sa splendeur grâce à ce tableau, même si ce dernier était encore inachevé. De plus, elle était souvent bouleversée par d'autres images magiques, des idées de tableaux éblouissantes qui se bousculaient dans sa tête et n'attendaient que sa main pour se manifester. Elle avait tant de projets ! Néanmoins, toutes ces visions merveilleuses refusaient de prendre vie tant qu'Adam était en chantier.

C'était ça, son problème. Justine savait maintenant que tant qu'elle ne l'aurait pas complété, il était inutile de tenter d'amorcer une autre toile. Elle avait essayé de le faire à plusieurs reprises, mais chaque fois que son regard tombait sur Adam, tout nouveau projet devenait fade, inintéressant. Adam l'obsédait, la hantait.

Il ne lui manquait pourtant pas grand-chose, concrètement. Mais même le peu qu'il restait à donner à cette toile devait être parfait. Justine avait effectivement créé Adam avec différentes parties d'hommes qu'elle avait déjà connus et qui avaient été significatifs pour elle. La tête, par exemple, avec ses boucles dorées et son sourire irrésistible, était celle d'Alexandre. Celui-ci était étudiant, en même temps qu'elle, à l'école des Beaux-arts. Elle l'avait remarqué dès le premier jour, désarçonnée par sa beauté si frappante. Justine était en effet une esthète depuis sa naissance; la beauté, sous toutes ses formes, l'enchantait, l'émouvait. Mais dans le cas d'Alexandre, c'était presque trop puissant, et malgré l'arrogance et l'assurance qu'affichait le jeune homme, elle avait été séduite sur-le-champ.

Après quelques semaines au cours desquelles Justine

l'admirait et le désirait de plus en plus, rêvant de lui les soirs de solitude et tentant déjà d'esquisser son visage sublime sur divers petits bouts de papier, Alexandre l'avait accostée, en sortant d'un cours un vendredi après-midi, pour l'inviter à prendre un verre. Il n'avait d'ailleurs pas semblé douter un instant de sa réponse, puisqu'il l'avait guidée sans attendre d'un pas sûr vers l'extérieur du bâtiment. Une fois installés devant une bière bien mousseuse, il lui avait dit tout naturellement : « J'ai autant envie de toi que tu as envie de moi ».

Elle avait voulu protester, mais c'était inutile. Elle le désirait avec une intensité surprenante. Elle n'avait jamais encore fait l'amour avec un homme si beau et était déjà impatiente de découvrir quel genre d'amant il était. Se jetant à l'eau, elle avait simplement répondu : « Alors, qu'est-ce qu'on fait encore ici ? ».

Elle l'avait suivi jusque chez lui sans poser de question. Elle voulait juste être à ses côtés, dans un lit ou sur une surface confortable quelconque, avec le moins de vêtements possible.

Il avait refermé la porte derrière elle et s'était installé lascivement dans un fauteuil, la laissant venir à lui. Elle s'était approchée lentement, s'était agenouillée devant lui et avait déboutonné sa chemise. Puis, elle avait embrassé son ventre et son torse, chatouillé son cou de petits baisers et enfin goûté cette bouche qu'elle possédait en rêve depuis des semaines. Ses lèvres étaient douces et pleines, d'une sensualité divine. Il embrassait comme un dieu, glissant sa langue dans la bouche de Justine délicatement, presque timidement, avant de s'imposer davantage et de devenir gourmand. Il avait bientôt déboutonné la chemise de Justine et embrassé ses seins tendus, les effleurant de sa langue jusqu'à ce que leur pointe se dresse. Justine admirait les magnifiques cheveux d'or de son amant, ses longues boucles lestes se balançant doucement sur ses épaules. Elle les avait caressés, étonnée et ravie de leur douceur, de leur souplesse. Elle avait subitement eu envie de voir si la pilosité de l'entrejambe de l'étudiant était de la même teinte que celle de son cuir chevelu. Elle avait donc défait les boutons de son pantalon et en avait dégagé son sexe, satisfaite de voir l'érection du jeune homme lui sauter en plein visage. La courte toison qu'elle avait découverte sur place était plus foncée, mais contenait des reflets aussi dorés que les cheveux de son propriétaire. Elle avait alors glissé le membre tendu dans sa bouche et s'en était régalée. Sa bouche l'avait agacé, tété, enduit abondamment de salive, avant de le lécher pour l'imprégner à nouveau, puis l'engloutir plus profondément. Alexandre semblait apprécier ses gestes et lui cajolait la nuque de façon encourageante. Justine avait joint une main à sa bouche talentueuse, la faisant glisser le long du membre grossissant, le serrant doucement entre ses doigts agiles. Au bout d'un moment, comme Alexandre ne semblait pas vouloir l'interrompre, Justine s'était relevée et avait à son tour retiré ses vêtements. Puis, elle s'était allongée au-dessus de son amant, pressant le membre gonflé du jeune homme contre son sexe humide. Elle l'avait alors de nouveau embrassé et avait senti la main d'Alexandre s'insinuer entre ses cuisses. Il avait délicatement frotté sa peau frissonnante, jusqu'à ce qu'au comble de l'excitation, Justine le glissât finalement en elle, lentement, délicieusement. Son corps s'était ensuite soulevé progressivement, retombant avec davantage de force sur le membre bien dressé. Elle le chevauchait maintenant avec passion et espérait qu'il continue à la caresser. Qu'il était beau! Son visage avait pris une expression mi-rêveuse, mi-moqueuse, celle d'un ange taquin. Et ses magnifiques yeux verts aux cils presque trop longs la regardaient si intensément qu'elle se liquéfiait de plaisir. Justine avait senti, en le regardant, qu'il la laisserait se servir de son corps et de sa beauté à sa guise; à elle d'en profiter, donc. Il voulait qu'elle lui fasse l'amour? Eh bien, elle ne s'en priverait pas! Elle s'était alors retirée et avait attiré Alexandre sur le sol, où il s'était étendu sur le dos. Justine avait défait la ceinture de son pantalon et noué ses poignets au pied du divan. Les beaux yeux verts avaient aussitôt davantage pétillé. Voyant là, à sa merci, cet homme trop beau pour être réel, Justine avait senti son ventre se nouer d'excitation. Elle s'était approchée de sa victime et avait placé ses jambes de chaque côté de sa tête. Elle s'était caressée ainsi, juste au-dessus du visage de son amant, glissant un doigt à l'entrée de son sexe moite et en chatouillant sa chair la plus tendre. Puis, elle s'était agenouillée, déposant son entrecuisse sur les lèvres sublimes d'Alexandre, qui l'avait tant et si bien embrassé, caressé, mordillé que Justine s'était crue prête à jouir. Toutefois, comme elle voulait retarder au maximum ce moment merveilleux afin de le savourer davantage, elle s'était relevée, pour ensuite s'asseoir sur le membre érigé d'Alexandre et le chevaucher.

Justine avait alors mis tout son savoir-faire à l'œuvre. Elle avait lentement inséré la verge d'Alexandre en elle, s'abaissant sur lui millimètre par millimètre pour que ses muscles l'enrobent délicieusement. Une fois bien ancrée, elle avait davantage appuyé ses gestes, sentant tout au fond de son ventre une merveilleuse pression l'envahir. Elle s'était ainsi doucement et délibérément balancée, guidant la main d'Alexandre entre ses cuisses ouvertes. Il l'avait docilement caressée, recueillant entre ses doigts une lotion onctueuse. Justine avait vraiment envie de jouir. Elle avait donc commencé à se mouvoir, accélérant lentement sa cadence pour atteindre un rythme effréné. Alexandre la caressait toujours, aussi savait-elle que sa jouissance serait imminente. Toutefois, après plusieurs longues minutes des plus agréables, Justine avait réalisé qu'elle n'atteindrait pas cette jouissance tant attendue. Alexandre s'était alors débattu avec ses liens, pressant autant qu'il le pouvait son corps contre celui de Justine, afin de s'enfoncer davantage en elle. Il s'était rué, les yeux plus brillants que jamais. Ce regard avait bien vite fait oublier à la jeune femme se propre frustration. Elle avait rebondi contre le sexe si invitant d'Alexandre, au point de le faire exploser, et tout à coup senti son propre corps inondé de la jouissance du jeune homme. Elle avait aussitôt défait les liens de son amant et s'était étendue près de lui sur la moquette, reprenant son souffle dans les bras du plus bel homme qu'elle ait jamais conquis.

Justine et Alexandre s'étaient revus à quelques reprises par la suite. Cependant, en dehors de leurs ébats, ils n'avaient pas grand-chose à partager. Justine le trouvait gentil et de bonne compagnie, mais il manquait de profondeur. De plus, il n'avait pas l'intention d'accorder ses faveurs à une seule femme, tandis que Justine, elle, ne tenait pas à se retrouver sur une liste d'attente ni à se plier à ses exigences. Ils avaient donc convenu de se quitter sans trop de remous, chacun retournant à la vie qu'il menait auparavant. Justine gardait toutefois un bon souvenir d'Alexandre, si bien que le visage du bel étudiant s'était tout naturellement imposé lorsqu'elle avait conçu Adam. Néanmoins, elle ne souhaitait conserver de lui que son visage.

Le corps de son sujet, quant à lui, aux muscles parfaitement dessinés, aux jambes longues et solides et aux bras puissants, appartenait à John. Celui-ci était plutôt du genre sportif; pas un sportif de salon, mais un vrai. Justine l'avait remarqué lors d'une visite à l'immense parc surplombant la ville où elle se rendait régulièrement pour peindre et dessiner. Elle prenait du plaisir à observer les gens qui l'entouraient sur place: une mère et son enfant en train de s'émerveiller en faisant voler un cerf-volant; un homme âgé assis sur un banc, semblant contempler la nature comme si sa vie défilait sous ses yeux; un couple enlacé, marchant lentement et s'arrêtant régulièrement pour s'embrasser; un jeune homme au pas de course, dont les vêtements étaient trempés de sueur. Un jeune homme dont les vêtements trempés laissaient deviner la perfection de son corps. Un jeune homme qui souriait à Justine. Hum… un très beau jeune homme au pas de course, en fait!

La première fois qu'elle l'avait vu, Justine s'était empressée de le dessiner, de peur de l'oublier. Retournant au même endroit plusieurs jours d'affilée, elle l'avait suffisamment croisé pour que son croquis se précise, ses traits de crayon habiles dévoilant la souplesse et la robustesse du corps du sportif. Le sixième jour, ce dernier avait terminé sa course devant elle et l'avait questionnée au sujet de son dessin. Il s'exprimait en anglais et Justine, bien qu'elle ne maîtrisât pas la langue de Shakespeare, avait compris qu'il s'appelait John. Elle lui avait tendu le dessin. Il avait rougi en se reconnaissant, ce qui avait énormément plu à l'artiste, surtout après avoir vécu quelque temps auprès d'un Alexandre si habitué à se faire complimenter qu'il en était blasé.

Le jeune homme avait ensuite pris place à ses côtés et l'avait regardée dessiner. Profitant de sa proximité, Justine avait affiné quelques détails, précisé quelques traits; un ombrage, une forme, une expression. Puis, elle lui avait montré le dessin achevé et le lui avait offert. Fier, John l'avait roulé méticuleusement, glissé dans sa veste et était reparti au pas de course. Justine ne l'avait revu que le lendemain.

Ce jour-là, il avait débouché du sentier habituel, mais en marchant, cette fois-ci. Il s'était arrêté devant elle, lui avait fait un large et charmant sourire auquel Justine avait répondu aussi sincèrement. Il lui avait alors tendu une main, qu'elle avait prise avec un naturel désarmant, et ils avaient marché ensemble, en silence, jusqu'à la sortie du parc. Justine se sentait bien. Elle déambulait avec un parfait étranger, mais tout ceci lui semblait juste, normal. Le silence qu'ils partageaient n'avait rien de déroutant, au contraire. Les chauds rayons du soleil caressaient le couple, et une douce brise s'était soulevée. Justine avait fermé les yeux un moment, toute à son bien-être, et John avait délaissé sa main pour mettre un bras autour de son épaule. Elle s'était alors appuyée contre le corps solide du jeune homme, avait encerclé sa taille et s'était laissée guider.

Ils avaient marché longtemps, n'échangeant que quelques mots, çà et là, sur le plaisir qu'ils ressentaient à être ensemble. Le silence était d'or : aucune question sur la vie de l'autre, pas d'échange de banalités pour tenter de deviner ses intentions, pas de paroles inutiles. Ils avaient abouti sur une place fort animée où des mimes, des jongleurs et d'autres amuseurs éblouissaient les passants. John s'était arrêté un moment pour offrir une rose à Justine, qui en avait respiré le parfum, avant de la glisser dans ses cheveux. Ils avaient passé quelques instants à admirer la foule et son entrain, puis s'étaient engouffrés dans un petit bistro. Ils y avaient mangé en se souriant, ni l'un ni l'autre ne s'aventurant dans une conversation qui aurait pu être difficile à cause de leur langue maternelle différente. Ils se contentaient de s'observer mutuellement en riant. Ils avaient ainsi mangé et bu, puis bu encore.

La soirée était bien entamée quand un petit orchestre avait pris place sur la scène minuscule du bistro et réchauffé l'atmosphère avec des airs langoureux. John avait invité Justine à danser, et elle s'était blottie tout contre lui, laissant la musique et l'ambiance s'emparer d'elle. Elle était si bien ! John la surplombait d'une bonne tête, et elle se sentait minuscule, protégée dans ses bras. Il dansait de façon admirable et la berçait au rythme de l'orchestre. Quand il l'avait enfin embrassée, Justine avait eu l'impression qu'ils se connaissaient depuis des années. Elle avait immédiatement eu terriblement envie de le ramener chez elle. Elle avait ramassé son sac, pris la main de John et l'avait attiré hors du bistro.

Ils étaient arrivés chez elle en l'espace de quelques minutes et, sitôt la porte refermée, s'étaient retrouvés nus, enlacés, baignant dans la lumière des néons de la rue qui se réverbéraient à travers les immenses fenêtres du loft. Ils s'étaient embrassés passionnément, comme un couple uni qui se serait revu après une trop longue absence. Puis John l'avait soulevée, pour la déposer délicatement sur le lit défait. Il avait pris la rose glissée dans les cheveux de Justine et avait semé les somptueux pétales sur les lèvres entrouvertes de la jeune femme, pétales avec lesquels il avait ensuite dessiné le contour de son visage, parcouru sa gorge, le galbe des seins. Il avait ainsi lentement fait le tour de sa nouvelle maîtresse, effleurant à peine sa peau frissonnante. Puis, il avait posé sa langue sur les mamelons dressés de Justine, qui en avait apprécié le toucher aussi délicat que celui de la rose. Cette sensuelle fleur avait bientôt doucement caressé son ventre, ses côtes, ses jambes, ses pieds… Justine désirait cet homme à un point tel qu'elle en était paralysée. Son ventre tremblait, ses seins gonflaient, ses cuisses s'écartaient. La rose avait, de son côté, de nouveau parcouru ses jambes, chatouillant l'intérieur de ses cuisses ouvertes jusqu'à son sexe avide, où John l'avait embrassée tendrement. Justine se sentait ruisseler sous son haleine, de douces crampes contractant son ventre. Elle ne voulait plus qu'une chose : qu'il la pénètre, son corps immense au-dessus du sien, leur visage l'un contre l'autre. John semblait avoir compris sa demande silencieuse, car il avait alors interrompu sa caresse et s'était inséré entre les jambes de Justine, forçant son membre dans l'antre luisant. Justine avait aussitôt ressenti une sensation de bien-être. Puis, John l'avait soulevée, l'asseyant sur ses cuisses. Elle avait enroulé les jambes autour de sa taille et s'était balancée le long de la verge aussi imposante que le reste du corps du sportif. Le sexe de John l'emplissait magnifiquement, paraissant s'enfoncer en elle indéfiniment et provoquant d'intenses frissons de plaisir qui, elle en était certaine, la feraient jouir d'un moment à l'autre. Mais John avait d'autres intentions. Il l'avait soulevée plus haut, accentuant la force de sa pénétration, si bien qu'après quelques instants, il s'était répandu en elle en poussant un profond et interminable soupir. Justine était un peu déçue, se croyant si proche d'un orgasme retentissant… mais voilà que déjà, la queue de John reprenait vie, se frottant contre sa cuisse chaude! Effectivement, le sportif l'avait invitée à se retourner sur le ventre et, sans perdre une seconde, s'était enfoui en elle en lui soulevant les hanches. Justine avait très vite senti la tension monter et les frissons revenir. Elle s'était doucement caressée, tentant de trouver le rythme propice avec la fougue de John. Toutefois, l'orgasme tardait à venir. Elle était pourtant comblée, comme en témoignaient la rougeur de ses joues, la fine sueur perlant au-dessus de sa bouche et les palpitations de son ventre. Elle avait alors décidé de se caler davantage contre John, qui s'activait toujours avec une vigueur toute à son honneur. Quand elle s'était finalement soulevée sur les bras et les genoux afin d'offrir une meilleure prise à son assaillant, le rythme de son amant était devenu frénétique. Il s'était violemment rué en elle, lui martelant presque la tête contre le mur. Justine avait l'impression qu'elle ne pourrait pas se contenir longtemps, son sexe broyé au point de fondre littéralement sous l'assaut. Elle avait alors pris une profonde inspiration, afin de se préparer à la vague de jouissance qui… s'était interrompue avec la seconde éjaculation de John.

Il s'était effondré près d'elle et l'avait tendrement serrée tout contre lui. Justine s'était levée, avait mis de la

musique, était retournée se réfugier dans ces bras sécuri-
sants et s'était endormie comme une enfant.

Ils avaient refait l'amour quatre fois cette nuit-là, et
leurs ébats s'étaient poursuivis jusqu'à l'après-midi du
jour suivant. Le moins que Justine puisse dire au sujet de
John, c'était qu'il était fringant! Dès qu'il avait joui, il
était en effet prêt à recommencer. Justine souhaitait
seulement qu'il ne jouisse pas aussi rapidement, de
manière à ce qu'elle puisse, elle aussi, y trouver son
compte. Mais c'était inévitable. Dommage, bien sûr, mais
pas catastrophique. Justine se disait qu'à force de le
connaître, elle trouverait un moyen délicat de lui faire
comprendre ce petit détail, qui se réglerait alors de lui-
même.

Cela s'était malheureusement avéré impossible.
Quelques jours plus tard, Justine avait de plus appris que
John n'habitait pas la même ville qu'elle. Il n'était que de
passage et devait partir incessamment s'entraîner en vue
des prochains Jeux olympiques. Néanmoins, il se prétendait déjà amoureux d'elle et voulait qu'elle le suive…
Justine y avait songé un moment, puis s'était rendue à
l'évidence: elle ne quitterait pas sa ville natale, celle où
elle avait toujours vécu, pour s'installer ailleurs, dans un
endroit étranger où l'on parlait une autre langue que la
sienne, simplement pour les beaux yeux de John. Elle
l'aimait bien, mais n'était pas si impulsive que cela. John
était terriblement déçu. Il l'avait finalement quittée, en
lui promettant qu'il lui téléphonerait quand il reviendrait dans les parages. Justine se disait maintenant qu'il
serait sans doute flatté de savoir qu'elle avait doté Adam
de son corps splendide…

Finalement, il y avait eu Antoine. Elle l'avait

rencontré à une exposition fort courue. Son nom complet était Antoine-Xavier de Landreville junior. Elle avait presque ri en entendant ce nom prétentieux. Antoine transpirait l'aisance, l'élégance et toute l'assurance que l'argent pouvait procurer. Au cours de la soirée, avouant s'ennuyer à mourir, il l'avait entraînée hors de la galerie et l'avait emmenée manger au restaurant le plus chic de la ville. Le maître d'hôtel l'avait salué cérémonieusement «Monsieur de Landreville» à leur arrivée sur place. On leur avait apporté du champagne, sans même qu'Antoine ait à le commander, et on les avait traités comme des membres de la royauté. Dès cette première soirée, Justine avait pressenti qu'un destin semblable l'attendait, qu'elle profiterait elle aussi, un jour, d'autant de luxe et de liberté.

Elle n'avait pas été amoureuse de cet homme; c'était sa situation, sa nonchalance envers les petits plaisirs de la vie qui l'excitaient au plus haut point. Elle avait fait avec lui des folies extravagantes — aussi bien sexuellement que matériellement — et cela l'enchantait. Avec lui, elle pouvait se permettre d'être celle qu'il voulait: pute de première classe, petite amie colleuse, amie, confidente, maîtresse défendue…

Ils s'étaient fréquentés durant quelques mois, au cours desquels Antoine avait emmené Justine fêter son anniversaire aux Bahamas. Ce soir-là, le couple avait passé une bonne partie de la soirée au casino de l'hôtel. Ils avaient beaucoup joué, misant des sommes faramineuses. Et cela avait rapporté gros…

Toute la soirée, la chance avait effectivement souri à la jeune femme, et chaque fois qu'elle gagnait, elle sentait son sexe s'ouvrir davantage, laissant perler une petite goutte salée sur sa culotte de satin. Rien ne semblait lui résister, et le magot amassé devenait, heure après heure, plus important. Elle avait continué à jouer jusqu'à ce qu'elle jugeât que ses gains étaient suffisants pour passer à autre chose.

Son but atteint, elle avait insisté pour qu'on fît monter la somme dans leur chambre plutôt que de la garder dans le coffret de sûreté. Devant son air suppliant doublé de son sourire irrésistible, le caissier avait exaucé ses souhaits et fait apporter à leur suite, quelques instants plus tard, un énorme sac rempli de billets, ainsi qu'une bouteille de champagne offerte par la maison. Justine s'était aussitôt emparée du sac d'argent et en avait répandu le contenu sur le drap en satin recouvrant le lit immense. Elle était demeurée immobile un moment, les yeux rivés sur la montagne de rêve. Puis, elle s'était lentement déshabillée devant Antoine. Ne conservant que ses chaussures, elle s'était ensuite langoureusement étendue sur le lit. Son petit air aguicheur s'était rapidement transformé en une joie toute enfantine. Les chaussures avaient volé, et Justine s'était mise à danser et à sauter sur le lit, éparpillant les billets à pleines mains, glissant sur le satin et se laissant tomber de tout son long, chaque pore de sa peau savourant le contact rugueux du papier. Tant d'argent... Justine avait vu en un éclair tout ce qu'elle pourrait s'offrir avec seulement une fraction de cette montagne. Elle s'était peu à peu calmée, s'était étendue, avait écarté les jambes et fait signe à Antoine de venir la rejoindre.

Cependant, ce qui excitait tant Justine, c'était moins Antoine lui-même que la tonne de billets sur lesquels son corps reposait, à tel point qu'elle s'était emparée de quelques papiers et les avait lentement frottés sur sa poitrine, effleurant ses seins généreux. Puis, ses mains en avaient agrippé davantage, recouvrant lentement son corps entier. Avec cette couverture impromptue, elle s'était frottée le cou et le visage, humant l'arôme subtil des billets, avant d'en glisser un presque neuf entre ses cuisses entrouvertes. Le papier s'y était graduellement froissé. Puis, elle l'avait enroulé autour de son majeur et l'avait introduit en elle délicatement, afin de ne pas meurtrir cette chair si fragile. La délicatesse n'avait cependant pas duré et, à peine quelques instants plus tard, son doigt allait et venait au plus profond de son corps, écorchant et labourant son sexe humide. Elle avait alors aperçu Antoine qui la regardait et s'était relevée, le saisissant par la queue, autour de laquelle elle avait enroulé plusieurs billets. Elle l'avait ensuite masturbé, sa main frottant contre le papier, la verge qu'elle tenait grossissant sans cesse. Puis, elle avait écarté les jambes et avait guidé son amant entre ses cuisses ouvertes, accueillant ce membre recouvert de l'étrange condom de papier qui disparaissait rapidement dans sa chair. Les doigts d'Antoine la caressaient profusément, faisant jaillir d'elle de petits jets de sève qui imbibaient davantage sa queue. Justine haletait et gémissait de plus belle.

Elle s'était bientôt retournée, afin d'admirer la substance tant convoitée, de s'y frotter les seins et de s'en caresser. Le bruissement des billets froissés était agréable à son oreille comme à son nez, car ils avaient absorbé l'odeur des deux sexes enflammés. Antoine l'avait alors pénétrée avec force, la projetant vers l'avant sans pitié, jusqu'à ce qu'il se retire et jouisse, répandant son propre jet de jouissance sur des billets de cent dollars. Justine s'en était aussitôt emparée, les avait léchés et déposés sur sa poitrine, se caressant toujours, laissant avec gratitude la langue de son amant asperger ses lèvres intimes meurtries. Toutefois, après plusieurs coups de langue pourtant fort agréables, Justine avait compris que, cette fois encore, elle ne connaîtrait pas les secousses de bonheur qu'elle attendait. Elle avait donc davantage haleté, puis s'était lancée dans une feinte élaborée qui avait convaincu son amant, pour enfin se laisser retomber, quelques billets froissés, trempés et rugueux sous les fesses.

Justine avait adoré cette soirée même si elle n'avait pas joui autant qu'elle l'espérait, et c'était ce qu'elle avait voulu retranscrire quand elle avait peint la montagne d'argent sous les pieds de son Adam.

Cependant, elle n'appréciait pas Antoine autant qu'elle l'aurait souhaité. Elle lui trouvait, certes, de nombreuses qualités, mais son charme principal, même si elle détestait se l'avouer, était son compte en banque. C'était pourtant un homme merveilleux: généreux, respectueux, il savait lui faire plaisir et en avait les moyens. Il était assez attirant et un amant convenable… mais Justine sentait qu'il lui faudrait le quitter pour éviter de le blesser à force de profiter ainsi de ses largesses sans en être amoureuse. Et c'était ce qu'elle avait fait.

Enfin. Voilà pour le passé.

Pour le moment, et comme chaque fois qu'elle se remémorait ces merveilleux souvenirs, Justine n'était pas plus avancée qu'avant. Elle ne flottait pas sur un immense lit recouvert de milliers de billets de cent dollars, n'était en compagnie d'aucun des hommes avec qui elle avait passé de si bons moments, et Adam n'était toujours pas terminé.

Il manquait définitivement quelque chose à celui-ci; qui plus est, quelque chose de vital : son sexe ! Justine ne l'avait même pas encore entamé. C'était la seule partie de son anatomie qui était encore manquante. L'artiste n'arrivait pas à se décider sur le genre de phallus que son Adam devrait arborer. Elle avait souvent envie de le rendre aussi superbe que le reste, d'une longueur et d'une grosseur digne d'un dieu, mais parfois, elle souhaitait plutôt qu'il soit comme celui du commun des mortels, avec juste ce qu'il fallait au bon endroit. Elle aurait sans doute pu s'inspirer de la verge d'Antoine, convenable, dodue et douce à souhait. Mais la performance de ce dernier au lit n'était pas particulièrement renversante. Elle aurait aussi définitivement pu — et y avait presque succombé à plusieurs reprises — lui donner celle de John, qui était celui des trois hommes dont elle gardait le meilleur souvenir. Toutefois, Justine tenait mordicus à ce que le sexe dont elle doterait Adam soit une copie conforme de celui qui, dans la vraie vie, lui ferait perdre la tête. Tous les Alexandre, John et Antoine de ce monde avaient certes de très nombreux atouts en leur faveur, mais aucun d'entre eux n'était arrivé à la faire jouir… du moins avec cet abandon et cette intensité dont elle entendait partout parler.

Une fois qu'elle aurait connu cet état de grâce, Justine était convaincue que le reste s'ensuivrait. Elle serait alors libérée de son obsession, pourrait enfin apporter la touche finale à Adam et peindre toutes les œuvres inestimables qu'elle se savait capable de réaliser. Elle se demandait, cependant, si elle réussirait à se défaire de ce personnage un jour. Quel prix pouvait-on fixer à une toile qui représentait tant de choses ? Adam lui apportait beaucoup. Même s'il n'était qu'une chimère, une image sortie tout droit d'un rêve, elle lui prêtait régulièrement vie et en tirait un précieux réconfort. Elle faisait en effet souvent appel à lui, le consultant sur telle ou telle conduite à adopter, surtout en période de crise. Il lui apportait sa sagesse muette, son soutien inconditionnel. Et quand elle se sentait seule, elle l'imaginait tout près d'elle, la serrant vigoureusement dans ses bras puissants. Lors de ces moments de solitude, elle forgeait la partie incomplète de l'anatomie d'Adam au gré de ses fantaisies. Ce sexe était alors généralement énorme, presque issu de mythes anciens, tant par sa taille que par son efficacité. Mais elle pouvait tout se permettre, après tout! En plus de sa perfection sur le plan sexuel, Adam possédait ainsi toutes les qualités qu'elle recherchait chez un homme. Elle était si heureuse avec lui! Ils formaient un couple parfait, intime, complice, amoureux. Elle était sa maîtresse, sa mère, sa sœur; il était son amant, son père, son confident. Et l'amant était plus qu'exceptionnel. Adam ne lui faisait jamais l'amour deux fois de la même manière, ce qui était tout à fait concevable… puisqu'il changeait de queue à de chacune de leurs rencontres!

Toutefois, elle ressentait depuis peu un vide cuisant quand elle revenait à la dure réalité de son lit solitaire et froid, et qu'Adam avait repris sa place sur sa toile. Frustrée, elle se demandait quand et de quelle façon elle pourrait rencontrer le partenaire sexuel idéal, celui qui lui ferait assez d'effet pour qu'elle reproduise son organe. Quels souvenirs impérissables cet homme lui laisserait-il? Qu'est-ce qui le distinguerait suffisamment pour qu'il puisse intégrer le même groupe sélect de ses amants dignes de prêter une partie de leur corps à Adam?

Le sexe dont elle doterait son personnage devrait représenter le summum, l'apothéose de la virilité masculine. En effet, Justine en était convaincue, seule cette queue ultime pourrait finalement la faire jouir complètement. Si ni celle de John, ni celle d'Alexandre, ni celle d'Antoine n'y étaient parvenues, et elles étaient toutes trois de stature fort respectable, seul un format démesuré, voire époustouflant y arriverait.

À cette pensée, elle s'imagina un beau jour dans les bras de son Adam, le chevauchant follement, sentant son sexe immense lui distendre le ventre. Elle imaginait ses mains puissantes glisser sur sa chair enflammée, pétrir ses seins avec une douceur et une passion étonnantes. Elle pouvait sentir sa queue, dure comme du marbre, glisser en elle de plus en plus rapidement. Puis, elle la retirait et l'enfouissait dans sa bouche, s'appliquant à provoquer chez son amant de tendres gémissements, agaçant le gland si sensible, embrassant et aspirant chaque parcelle de ce membre énorme qui lui emplissait la gorge. Enfin, quand elle sentait Adam au bord de l'orgasme, elle le chevauchait de nouveau, lui imposant son propre rythme effréné et le torturant jusqu'à ce qu'ils connaissent une jouissance mutuelle. Elle se voyait transportée, secouée, abrutie de jouissance, hurlant son plaisir à s'en rompre les cordes vocales, sentant son corps s'abandonner aux délices les plus inimaginables.

Ce fantasme délectable fit aussitôt place à la déprime. Peut-être devait-elle tout simplement inventer un membre à sa hauteur et en finir une fois pour toutes ? Cela enlèverait sans doute un côté mystique à cet Adam idéal, mais elle devait peut-être courir ce risque, après tout.

Presque découragée, elle croyait cependant qu'elle n'y arriverait jamais. Ni à inventer la queue de rêve, ni à jouir à en hurler. Ne voulant pas sombrer davantage dans un miasme de noirceur et de déprime, Justine choisit de se changer les idées et de sortir un peu.

• • •

Le soleil se levait à peine que l'artiste était déjà à la tâche. Lui dormait paisiblement, et elle avait retiré le drap qui le recouvrait. Elle était encore abasourdie et se dépêcha d'installer son matériel, afin d'apposer enfin la touche finale à son Adam. Elle était certaine que Jacob ne verrait pas d'objection à ce qu'elle l'utilise à cette fin, mais voulait avoir terminé son opération avant qu'il ne s'éveille, au cas où il en prendrait ombrage. Il serait alors trop tard pour protester, son œuvre serait bel et bien complétée…

La première fois qu'elle avait joui sous les caresses de ce nouvel amant, elle en avait été tellement étonnée qu'elle avait attribué l'orgasme mirobolant qu'elle venait d'avoir aux effets de l'alcool qu'elle avait consommé en quantité déraisonnable. Elle s'en souvenait clairement. Jabob la pénétrait depuis un bon moment, quand il avait fait mine de se retirer. Mais il était resté là, du moins partiellement, ne laissant que l'extrémité de son membre frotter contre les parois de son sexe. Et là, elle avait chaviré. Presque trop doucement, Jacob l'agaçait, la torturait, appliquant juste ce qu'il fallait de pression sur sa chair tendre. L'orgasme était venu sans prévenir et l'avait secouée durant de longs et merveilleux instants.

La seconde fois, elle était déjà beaucoup plus sobre. Plus question de se rabattre sur les effets de l'alcool! C'était véritablement le membre de Jacob qui provoquait ce délire. Il l'avait à ce moment-là caressée tout en la pénétrant, et Justine s'était laissée aller à une immense vague de jouissance qui l'avait transportée, inondant ses cuisses, aspergeant tout sur son passage.

Et la troisième fois, elle avait enfin su de quoi aurait l'air la queue d'Adam. Elle y avait d'ailleurs repensé toute la nuit, alors que Jacob dormait à côté d'elle.

Justine était maintenant assise devant Adam, les sourcils froncés, le regard allant du lit, sur lequel reposait son sujet, à la toile où Adam attendait patiemment sa virilité bien méritée. Elle haletait, totalement absorbée par son œuvre. Il fallait que chaque détail soit parfait. D'ailleurs, elle déchanta vite. Pourquoi avait-elle pensé qu'un seul organe, qui ne représentait finalement qu'une petite partie du corps humain, serait facile à exécuter, alors qu'il y avait en fait tant de subtilités dont il fallait tenir compte ? Dans ce cas-là en particulier, l'opération était même extrêmement périlleuse. La couleur de cette queue, par exemple, était loin d'être uniforme et prenait au contraire diverses nuances et intensités. Ce membre comportait de nombreux détails fort importants.

Justine avait peine à le croire. De tous les hommes peuplant la planète, il avait fallu que ce fût Jacob qui lui procure tant de plaisir. Au cours de toutes ces années où elle avait été frustrée, déçue de ses amants, Jacob, cet ami de toujours, attendait patiemment son tour sans rechigner, sans insister. C'était finalement lui qui avait réussi ce tour de force. Eh bien ! Elle allait tenir parole et reproduire la queue de Jacob le plus fidèlement possible sur le corps d'Adam. Une promesse était une promesse, et ce qu'il lui avait fait vivre valait largement qu'elle lui rende hommage.

Justine travailla près de deux heures avec acharnement et, à la fin, fut satisfaite du résultat. Elle recula de quelques pas, afin d'admirer le résultat final. L'artiste en elle n'était pas tout à fait convaincue de la perfection de l'ensemble, mais la partie d'elle intimement liée à chaque parcelle de l'homme peint était enchantée. Car Adam arborait enfin son membre tant attendu!

Une queue toute petite, mince et légèrement courbée vers la droite… mais quelle queue!

L'œil de la caméra

Dominic n'y pouvait rien. C'était le sang des collines de sa Sicile natale coulant dans ses veines qui le rendait incapable de résister à un sourire éclatant, une mèche rebelle, un battement de cils, une démarche langoureuse, des hanches épanouies se balançant à un rythme subtil, un cou gracieux orné d'un fin bijou… Ah! Les charmes féminins étaient trop nombreux et puissants pour que lui, pauvre mortel, tentât d'y résister. Il n'en avait d'ailleurs pas la moindre envie. Son impitoyable et irrésistible amour des femmes lui avait fait perdre sa propre conjointe? Qu'à cela ne tienne! Il avait maintenant le champ libre et la conscience tranquille. Il ne passait jamais plus d'une nuit avec la même femme, n'ayant pas la chance de vivre autre chose qu'une nuit d'amour anonyme sans lendemain? Eh bien, tant mieux! Cela lui permettait d'en satisfaire davantage, de faire profiter de son savoir-faire inestimable toutes celles qui en avaient besoin. Il n'oubliait jamais que la vie était courte et que son corps pouvait le trahir à tout instant. Son vieux père ne lui répétait-il pas sans cesse qu'il fallait s'en servir, de ce corps, avant qu'il ne soit trop tard? Et il en savait quelque chose, son vieux père!

Il se souvenait effectivement de ces après-midi enso-leillés au cours desquels, quand il n'était qu'un adoles-cent n'entrevoyant qu'une parcelle de ce que la vie avait de merveilleux à lui offrir, il allait au village, accompagné de son père, pour casser la croûte et déguster une bonne carafe de vin après le labeur de la journée. Les deux hommes, l'un encore imberbe et l'autre déjà grisonnant, s'asseyaient alors à l'ombre et admiraient les femmes exquises qui les entouraient. La chaleur sèche et accablante faisait baigner ces dernières dans une espèce d'aura lumineuse, ajoutant à la scène une touche d'irréalité. C'était là, à cet endroit précis, que son père détaillait ce qu'il appelait solennellement « la beauté indiscutable » de chaque représentante de la gent féminine. Il pouvait s'agir d'un profil flatteur, de la perfection des traits d'un visage, d'un front fier, de pommettes saillantes… Toute femme était à ses yeux la réincarnation de la beauté pure, qu'elle eût seize ou soixante-seize ans.

— Tu vois, mon garçon, la femme, par définition, est belle. Dieu l'a créée pour qu'elle représente, dans son ensemble, tout ce qu'il y a de plus beau au monde. Regarde Angela, là-bas, grosse de plusieurs mois. Remarque comme ses yeux sont lumineux, ses seins débordant de lait pour l'enfant à naître. Et Carla ? Même à son âge, ses jambes sont encore longues et fermes, prêtes à s'enrouler autour de la taille de son homme. Et la petite, là-bas, si jeune et avec déjà trois prétendants ! Ce n'est pas étonnant, avec de tels yeux ! Les femmes, Dominic, tu dois les vénérer; si tu fais du mal à une femme, c'est comme si tu en faisais à Dieu lui-même.

Dominic avait bien appris sa leçon, qui était devenue pour lui une seconde nature par la suite. Il admirait les femmes, les respectait et les vénérait autant qu'il lui était possible de le faire. Toutefois, il s'était vite rendu compte que malgré les bienfaits qu'il leur apportait, il les faisait aussi souffrir bien malgré lui, parce qu'elles ne le comprenaient pas tout à fait. Il s'évertuait en effet à les aimer et à les rendre heureuses, mais il y en avait tellement, la tâche était colossale... Il sentait confusément que son père n'aurait pas toujours approuvé ses multiples conquêtes et les cœurs immanquablement brisés. Avait-il mal interprété certains petits détails de leurs conversations ? Dans ce cas, ils s'en reparleraient au paradis.

Entretemps, tant de femmes avaient besoin de lui ! Il avait peine à croire qu'un si grand nombre d'entre elles pussent être si mal aimées. Il trouvait même inconcevable que certains hommes fussent aussi maladroits. Mais il faut dire qu'aimer une femme était un art, et que certains artistes étaient plus talentueux que d'autres en la matière.

On dit d'ailleurs depuis toujours que les Italiens sont beaux, et il l'était, le Dominic, avec son teint basané, ses boucles noires, ses yeux langoureux et son sourire éclatant. Il forçait parfois un peu trop la note sur certains aspects de son style, mais c'était là un défaut bénin, une vanité bien inoffensive. On dit aussi que les Italiens sont les meilleurs amants au monde, et Dominic avait la ferme intention de prouver la véracité de ce dicton. Mais pour ce faire, il était nécessaire d'avoir de la pratique, de la perspicacité, ainsi que de connaître le mieux possible les désirs secrets des femmes.

Cela, son épouse ne l'avait jamais compris, même si elle en profitait, elle, de la perfection de son art ! Aux yeux du Don Juan, peu importait l'endroit où il acquérait ses compétences, l'important, c'était le résultat. Toutefois, elle ne voyait pas les choses du même œil et menaçait souvent de le quitter. Dominic avait pourtant tenté l'impossible pour la combler, se pliant à ses moindres caprices. Il avait même un jour prétendu être un voleur qui s'était infiltré dans la maison, afin de la faire gémir de douleur et de plaisir. Elle faisait toutefois la sourde oreille à ses fantasmes d'homme, se contentant de le sucer maladroitement et presque avec dégoût. Mais ce n'était pas le pire. Le pire, dans tout cela, ce qui enrageait Dominic et lui donnait une merveilleuse raison pour lui être infidèle, c'étaient ses innombrables critiques. Elle n'arrêtait en effet jamais de lui casser les oreilles.

— Dominic, tu n'arriveras à rien. Photographe professionnel! Elle est bien bonne! Tu n'es qu'un raté. Tu ne feras jamais rien d'autre que des pubs pour des détergents à lessive ou des médicaments contre les verrues!

Bon, sa carrière ne s'était effectivement pas toujours développée comme il l'aurait voulu. Mais ces petits contrats de publicité qu'elle jugeait ridicules payaient quand même à Madame tous les petits luxes qu'elle souhaitait. Non, ce n'était pas exactement ce à quoi il aspirait, mais il y arriverait un jour, en dépit de ce que sa chère épouse s'évertuait à répéter. Et puis, il n'y avait strictement rien de mal à faire une publicité pour des médicaments contre les verrues, surtout lorsque la mannequin qui y figurait était si jolie!!

Ce modèle avait d'ailleurs été sa première conquête d'homme marié. Elle ne devait pas avoir plus de dix-neuf ou vingt ans. Et elle était délurée, la petite! Dès son arrivée dans le studio, elle l'avait dévisagé sans aucune pudeur et lui avait fait comprendre qu'il était son genre. Elle voyait sans doute en lui un homme d'expérience, plus âgé, mais tellement plus intéressant que les jeunots de son âge. Elle n'avait pas eu à travailler très fort pour saisir sa proie. Elle lui avait glissé son numéro de téléphone à la fin de la séance de photos et Dominic avait alors hésité entre deux choix cornéliens: ignorer le bout de papier qui brûlait sa poche de pantalon et retourner sagement vers son épouse ingrate, ou bien s'offrir cette petite fantaisie, la première, sans doute la dernière et dont personne ne saurait jamais rien. L'agonie avait finalement été brève. Il s'était précipité sur le téléphone pour réserver une chambre à l'un des nombreux motels longeant l'artère principale de la ville. Pas un palace, loin de là, mais pas un repaire à coquerelles non plus. De son côté, ce qui importait à la belle, c'étaient ses attraits et son statut d'homme marié, facteur qui lui garantirait beaucoup de discrétion et peu de conséquences à ses gestes.

Aujourd'hui encore, Dominic conservait un souvenir émouvant de cette chambre, témoin de sa première aventure extraconjugale: des murs beiges probablement blancs, jadis; un tapis, rouge et élimé, orné de vagues motifs noirs auxquels se mariaient admirablement les brûlures de cigarettes; le mobilier, du même blanc effacé que les murs, totalement insipide. En revanche, le lit d'eau était merveilleux, et les miroirs au plafond assez propres pour que les amants puissent s'y admirer à leur aise. Dominic avait attendu la mannequin environ une heure, au cours de laquelle il avait ressenti quelques remords. Mais en s'imaginant ce qu'il allait vivre, ses objections avaient fondu comme neige au soleil. Et quand il pensait à la jeunesse et à la beauté de cette fille... il adorait vraiment ces toutes jeunes femmes. Il rêvait du jour où il serait enfin le photographe attitré d'une foule de top-modèles et parcourrait le monde au bras de ces jeunes déesses.

Celle qu'il attendait était assez loin du compte, mais tout de même jolie. Elle avait cette allure longiligne à la mode, de petits seins ronds, libres et insolents sous sa blouse légère, et une démarche coquine. Elle avait pris les choses en main dès son arrivée. Elle s'était déshabillée sans prononcer une seule parole, avait retiré les vêtements de Dominic et, sans préambule et toujours silencieuse, pris sa queue déjà dure entre ses lèvres humides. Elle n'en était pas à sa première tétée, elle! Rien à voir avec la pipe pathétique que sa femme avait tenté de lui offrir il y avait déjà longtemps de cela! Dominic l'avait laissé faire un bon moment, puis, constatant son appétit, avait enfoui plus profondément encore son engin dans la bouche accueillante. La jeune femme s'était montrée réceptive et semblait même apprécier la chose, puisqu'elle avait commencé à se caresser dès cet instant. Il l'avait alors solidement empoignée par les cheveux et s'était davantage activé. Elle s'était soudain emparée de ses bourses trop pleines, et Dominic avait pensé jouir. Mais il était encore beaucoup trop tôt! Il s'était donc retiré, et la fille s'était étendue sur le ventre, les fesses bien relevées, lui offrant une vue alléchante. Dominic s'était alors précipité, constatant qu'elle était moite et prête à le recevoir. Il avait fiévreusement glissé en elle, s'agrippant à ses hanches menues, puis l'avait retournée, lui intimant l'ordre de le chevaucher. Il avait ensuite profité des vagues du lit d'eau pour la pénétrer de toute la longueur de sa queue sans trop d'efforts.

Ce soir-là, il l'avait faite soupirer tant qu'il l'avait pu, lui faisant l'amour trois fois d'affilée, jusqu'à ce que sa queue crie grâce. Il avait finalement laissé la jeune femme repue et endolorie, avant de s'endormir tout près d'elle.

Au petit matin, en bon gentilhomme, il l'avait raccompagnée chez elle dans sa rutilante voiture de sport rouge, musique tonitruante et capot abaissé en prime, en lui promettant de l'appeler bientôt. Elle savait qu'il n'en ferait rien, mais c'était parfait ainsi.

Était ensuite arrivée la publicité pour un détergent à lessive. La comédienne qui la jouait était beaucoup moins jeune que la mannequin, mais possédait cette assurance et cet abandon typiques des femmes à la trentaine épanouie. Elle était tout comme lui mariée, et lui avait avoué avoir toujours rêvé d'un bel étalon, ne serait-ce que pour une incartade. Dominic s'était donc senti obligé de réaliser son rêve. Plusieurs mois s'étaient écoulés depuis la nuit au motel, et il n'en avait conservé aucune séquelle. Il s'était ainsi dit qu'il serait sûrement capable d'assumer aussi brillamment une seconde aventure. Il avait au bout du compte offert à la comédienne de passer une nuit incomparable avec lui, une invitation qu'elle avait acceptée avec joie. Ils avaient dîné (aux frais de la dame!) dans une suite du plus grand hôtel de la ville. Durant le repas, Dominic l'avait complimentée sur sa beauté, sa grâce, tout en l'aguichant avec de fréquentes caresses sous la table nappée. Le repas s'était poursuivi jusqu'à un immense bain tourbillon, dans lequel ils avaient bu du champagne et sucé des fraises, ainsi que diverses autres petites choses. Dominic lui avait ensuite fait l'amour tour à tour doucement, brutalement, romantiquement, violemment. Il y avait mis tout son savoir-faire, la tenant en haleine plus de deux heures d'affilée, encore trois fois de suite... Le trois était définitivement son chiffre chanceux. Il l'avait léchée, sucée, embrassée, pénétrée, léchée de nouveau. Elle avait joui à répétition, ce qui, affirmait-elle, lui arrivait pour la première fois. Le lendemain de cette nuit sublime, qu'ils savaient tous deux sans suite possible, ils étaient partis chacun de leur côté, partageant un merveilleux souvenir.

Puis, il y en avait eu d'autres. Elles étaient arrivées comme ça, sans prévenir, sans que Dominic pût l'empêcher. Et il lui était impossible d'abandonner ces pauvres femmes à leur solitude, si bien que dans un élan de générosité ou pour éviter de blesser leur amour-propre, il cédait à leurs demandes. Il avait ainsi succombé à la réceptionniste du petit journal pour lequel il faisait, à l'occasion, des reportages; ensuite, il y avait eu cette beauté orientale qui l'avait un jour aidé quand sa voiture était tombée en panne; plus tard, une collègue photographe s'était amourachée de lui, ce qui était dommage, car elle aurait pu s'offrir bien des hommes plus libres que lui; et puis, la serveuse du bar où il avait ses habitudes, ainsi que deux ou trois clientes, il en perdait le compte… Et enfin, la voisine. C'était à ce moment-là que sa tendre épouse en avait eu assez.

— Tu me trompes avec toutes les filles qui passent, je peux déjà difficilement accepter ça! Mais là, c'est trop près de mon foyer, de mon territoire!

Ah! Leur foyer, leur *territoire*! Elle était blanche de colère, toutes griffes dehors, prête à sauter à la gorge de l'ennemie, de la traîtresse qui envahissait son domaine. Étrange. Quoi qu'il en soit, ils avaient convenu de se quitter le plus calmement possible et avaient, tout compte fait, assez bien réussi.

Dominic était maintenant prêt pour la grande envolée. Il en avait assez des salaires de crève-la-faim et de travailler en étant constamment entouré d'amateurs.

Il était temps qu'il fasse sa place ailleurs. Il en avait le talent et, maintenant, la disponibilité. Plus rien ne le retenait dans cette ville, qu'il quitterait sans le moindre regret à la première occasion. Il entreprit donc de mettre de l'ordre dans son portfolio, en retira les photographies les plus explicites, n'y conserva que les mieux réussies, puis frappa à quelques portes.

• • •

Un mois plus tard, Dominic s'était buté à de nombreux refus. Il se trouvait dans un cercle vicieux tout à fait ridicule : les grosses agences ne lui laissaient pas sa chance parce qu'il n'avait jamais travaillé pour l'une d'entre elles. Il lui aurait fallu des références, si petites fussent-elles…

À court d'idées et au bord du découragement, il fouilla dans la pile de cartes professionnelles qu'il avait amassées et conservées depuis ses débuts. Il en avait plusieurs centaines, pour la plupart remises par des représentants de boîtes de publicité insignifiantes qui n'avaient pas fait long feu. Il n'y avait donc rien à attendre de ce côté-là. Mais alors qu'il les rangeait après les avoir distraitement regardées, l'une d'elles se détacha du lot et vola légèrement, comme un message subliminal, avant d'atterrir à ses pieds. Il se souvint alors de ce collègue, rencontré brièvement lors d'une annonce pour des vêtements. Il l'avait oublié, celui-là ! Jean-Christophe avait déjà travaillé, quelques années auparavant, pour plusieurs agences de mannequins internationales et fait maintes publicités pour des produits haut de gamme. Dominic décida de lui passer un coup de fil sur-le-champ, pour tâter le terrain. Il le rejoignit facilement — un autre bon présage —, et ils convinrent de se rencontrer dans un bar du centre-ville que Jean-Christophe fréquentait. Les consommations y étaient ridiculement chers, mais il s'agissait d'un endroit où il était bon être vu, aussi Dominic considéra-t-il cette démarche comme un investissement.

Au premier coup d'œil sur son collègue, il sut qu'il avait contacté la bonne personne. Tout, en Jean-Christophe, transpirait le succès. Vêtu de cuir des pieds à la tête, il avait cette allure savamment négligée qui faisait tourner les têtes. Il devait approcher la cinquantaine, mais l'arborait de façon remarquable. Après quelques verres, Dominic apprit qu'il était même très bien placé au sein de plusieurs agences, magazines et autres sources de revenus fort intéressantes. Jouant le tout pour le tout, il opta pour la carte de la sincérité. En lui montrant son portfolio, il lui fit part de ses difficultés à intégrer le monde dans lequel il voulait se faire une place. Il savait qu'il devait franchir le cap qui le ferait passer de minable à respectable, et qui ferait toute la différence. L'étape qui lui garantirait, en plus du respect de ses pairs, un niveau de vie plus confortable.

Il s'attendait à ce que Jean-Christophe garde jalousement son succès pour lui, mais ce dernier convint spontanément du talent de Dominic, surtout pour les photographies de nus, et promit de lui fournir des références au cours des semaines suivantes, selon les contrats disponibles.

S'enhardissant, Dominic lui posa des tas de questions sur sa vie professionnelle et sut que Jean-Christophe avait non seulement photographié des défilés d'envergure à plusieurs reprises, mais aussi que ses rêves étaient

conformes à la réalité d'un photographe en vue : mannequins irrésistibles, orgies presque quotidiennes, corps
féeriques pratiquement nus à sa disposition, etc. C'était
d'ailleurs ce qui avait convaincu Jean-Christophe de
retourner brièvement dans cet univers épuisant, mais ô
combien satisfaisant, avant de se retirer définitivement,
au sommet de sa gloire. Il avait de plus déjà envisagé
avoir un protégé et était disposé à donner sa chance à
Dominic, si ce dernier s'en montrait digne. Les deux
compères continuèrent à commander tournée après
tournée, ce soir-là.

Le lendemain, malgré une gueule de bois retentis-
sante, Dominic se rendit au studio pour ce qu'il espérait
être sa dernière séance à titre d'illustre inconnu. Il se
voyait déjà parcourir la planète, croquant tous les grands
défilés, vendant ses photos à prix d'or aux magazines de
mode les plus prestigieux. Les plus belles femmes au
monde l'accompagneraient dans ses déplacements :
tantôt la belle Gisele, sur laquelle il fantasmait depuis sa
première apparition dans un magazine de mode, tantôt,
selon les jours, les Natalia, Gemma et Lara de ce monde.
Elles succomberaient bientôt à son charme et à son
talent, exigeant que ce soit lui, et seulement lui, qui ait le
privilège de les prendre en photo… et de les prendre tout
court. Tant qu'à rêver !

Mais dans l'attente, il avait une publicité à faire. Et
pas une publicité des plus réjouissantes, puisqu'il s'agissait de nourriture pour chiens ! Comme il détestait ces
animaux et y était allergique, il n'avait accepté ce contrat
que parce qu'il était vraiment à court d'argent. Quelle
horreur ! Il se consola en se convainquant que sa vie allait
changer radicalement dans de très brefs délais.

Il survécut tant bien que mal à son expérience et rentra chez lui couvert de poils, les yeux rougis, le nez coulant, la gorge en feu… Mais il avait tout de même le numéro de téléphone de la coordonnatrice du projet, une mignonne rousse aux longues jambes et aux yeux pétillants. Il passa une nuit agréable en sa compagnie, acceptant même qu'elle le suce à plusieurs reprises. Il faut dire qu'elle adorait faire jouir les hommes de cette façon et s'y prenait comme une déesse. Quel pingre aurait-il été pour la priver de ce petit plaisir? C'était néanmoins une vraie tigresse. Au petit matin, il avait la queue joyeusement endolorie, tandis que ses épaules, son dos et ses fesses avaient été égratignés par les longs ongles écarlates de la jeune femme. Il se demanda si Gisele serait aussi vorace qu'elle. On ne lui connaissait alors aucune relation sérieuse, donc le moment était parfait. Il ne faudrait toutefois pas trop la faire attendre…

• • •

Jean-Christophe lui téléphona deux jours plus tard. Un manufacturier de parfums lui avait proposé un contrat, et il souhaitait l'offrir à Dominic pour voir quel genre de travail il ferait. Avant de le choisir comme protégé, il devait effectivement s'assurer de son professionnalisme. Dominic accepta avec enthousiasme et promit qu'il serait à la hauteur de ses plus sévères attentes. Il se présenta au rendez-vous avec une bonne demi-heure d'avance et goûta l'atmosphère qui y régnait. Des professionnels! Il se retrouvait enfin parmi de vrais professionnels, chacun exécutant une tâche précise sans perdre de temps. La jeune femme qu'il devait photographier pour la publicité était ravissante. Ses longs cheveux cascadaient le long de son corps jusqu'aux fesses, enveloppant ses courbes délicieuses d'un soyeux rideau d'ébène. De petits frissons d'anticipation firent sourire Dominic. Elle n'était pas encore très connue comme mannequin, mais il la sentait promise à un avenir glorieux. Il se dit même que, dans quelques années, il pourrait lui rappeler cette première séance ensemble, puis qu'ils savoureraient tous deux leur vertigineuse ascension vers le firmament de la mode. Comme ce serait agréable! Pour l'instant, il était bien tenté de l'approcher avec un de ses irrésistibles compliments, mais les enjeux étaient trop importants. Il se devait, pour Jean-Christophe, d'acquérir de la crédibilité et de faire preuve d'un professionnalisme hors pair. Il se contenta donc d'effectuer son travail avec un zèle et un talent qui le surprirent un peu. La fille était vraiment superbe, et d'après ce que Dominic voyait à travers sa lentille, elle prenait une dimension presque irréelle. Il savait donc d'avance que ces clichés seraient parmi ses mieux réussis.

Il repartit, sourire aux lèvres, impatient comme un écolier de voir le résultat de son travail.

• • •

Les photos étaient éblouissantes, et Jean-Christophe fut impressionné. Le manufacturier était de son côté très content et promit de le contacter pour ses futures publicités. Dominic jubilait! Il savait que ce premier vrai contrat le propulserait vers des sommets insoupçonnés et trouvait déjà l'attente d'un nouveau contrat excessivement pénible.

L'appel arriva finalement trois semaines plus tard. Jean-Christophe lui demanda s'il avait envie de couvrir, pour le magazine *Sélect*, un défilé qui avait lieu à New York le weekend suivant. Or, *Sélect* était sûrement le magazine le plus chic du pays. Dominic eut du mal à croire à sa chance et sauta évidemment sur l'occasion sans hésiter. Jean-Christophe lui expliqua qu'il s'agissait d'un défilé-bénéfice que plusieurs grands couturiers organisaient pour une cause charitable quelconque. Dominic n'avait que faire des détails. Tout ce qu'il voulait savoir, c'étaient l'endroit et le moment du défilé. Pour que de grands couturiers y participent, il était évident que des top-modèles internationaux y seraient aussi. Il devint surexcité et tenta d'apprendre qui serait là, mais Jean-Christophe l'ignorait. Il se contenta de lui donner le nom du grand hôtel new-yorkais et de lui dire de se présenter avec au moins une heure d'avance à l'événement. Il lui ferait parvenir son billet d'avion et son laissez-passer au cours des prochains jours.

Dominic pouvait déjà tout imaginer : une foule de gens riches à craquer, portant pour l'occasion des vêtements griffés des plus illustres couturiers au monde. Il pouvait dès maintenant sentir les parfums les plus chers, voir l'éclat des bijoux hors de prix, entendre de délicates flûtes en cristal tinter les unes contre les autres, faisant remonter les bulles du meilleur champagne de l'univers. Comme il s'agissait d'un défilé-bénéfice, plusieurs vedettes de cinéma et de la télévision y feraient sûrement une apparition remarquée. Il se promit d'arriver très tôt pour ne rien manquer du spectacle et savourer pleinement cette journée qui marquerait, sans doute, le début de sa nouvelle vie.

Quant aux mannequins présents, Dominic se laissait porter par les espoirs les plus fous. Et si elles étaient toutes là, ses chéries ? Aucune d'elles ne voudrait manquer un tel événement. Il se mit à rêver au déroulement de la journée. Il chassa de son cerveau toute pensée inutile et se concentra sur la scène qu'il allait sûrement vivre très bientôt. Son esprit passa outre les formalités d'introduction et l'entraîna directement dans les coulisses, où régnait une bruyante et joyeuse frénésie. Les habilleuses couraient après les maquilleuses qui, elles, tentaient tant bien que mal d'embellir encore plus les déesses qui se faisaient coiffer. Parmi les nuages de fixatif et de poudres diverses, Dominic ne pouvait s'empêcher de s'attarder sur un sein par ici, une fesse par là. Et pas n'importe lesquels ! Gisele ne portait effectivement qu'une minuscule culotte et de vertigineux escarpins ; Lara, elle, arborait un soutien-gorge diaphane et un porte-jarretelles ; Natalia, pour sa part, était complètement nue et s'affairait à attacher un bijou discret à son nombril. Gemma, de son côté, n'avait pour tout vêtement qu'un magnifique collier avec des boucles d'oreilles assorties, et Leila, de longues cuissardes et une casquette en cuir.

Dominic était bouche bée et bandait de bonheur. Il observait la scène en retenant son souffle, tentant d'ancrer cette vision à tout jamais dans sa mémoire. Combien d'hommes auraient été prêts à commettre les pires crimes pour se trouver à sa place ? Des milliers, il en était certain. Et on le payait pour ça, en plus ! Tout à sa béatitude, il ne savait plus laquelle de ces beautés irréelles il tenterait de séduire en premier. Il en avait remarqué plus d'une qui regardait dans sa direction en affichant un sourire espiègle. Était-ce parce qu'elles le trouvaient mignon, ou bien parce que sa douloureuse érection devenait un peu trop évidente ?

Il ne se posait pas de questions et se contentait de rendre des sourires qui se voulaient charmeurs et irrésistibles. C'était Gisele, la première, qui donnait finalement un petit coup de coude à Lara en regardant dans sa direction. Les deux comparses ricanaient, puis allaient retrouver Natalia, Gemma et Leila. Les cinq beautés le fixaient ensuite avec beaucoup d'insolence et de malice. Dominic se rappelait qu'il devait, une fois de plus, prouver à Jean-Christophe qu'il était à la hauteur de la confiance que ce dernier lui portait. Il faisait donc un énorme effort pour détourner le regard, mais au même moment, il pouvait voir Lara lécher un de ses adorables doigts d'un geste on ne peut plus langoureux, tout en le dévisageant. En avalant péniblement sa salive, il la voyait juste après se caresser doucement le sein de son doigt humide. Ses mamelons une fois dressés, elle en profitait pour les palper doucement, la salive de son doigt les faisant miroiter. Les quatre autres beautés se tenaient par la taille et se serraient l'une contre l'autre, comme pour se réchauffer, en l'observant. Dominic trouvait pourtant qu'il faisait soudainement très chaud! Il n'osait en fait croire que cette déesse s'offrait ainsi en spectacle devant lui. L'aguicheuse, elle ne perdait rien pour attendre! Mais alors qu'il voulait rejoindre ces canons de beauté, son corps était soudain paralysé. Il était incapable de bouger, une érection de plus en plus douloureuse dans l'entrejambe, tandis que Gisele glissait sa longue main sur le ventre de Lara, qui frémissait doucement. Natalia, de son côté, massait délicatement les épaules et le cou de Gemma qui, d'un toucher aussi léger qu'une brise d'été, caressait les cuisses écartées de Gisele, après s'être agenouillée derrière elle. Elles ne riaient plus. Leurs visages angéliques avaient pris des airs rêveurs, tendres et éperdus.

Dominic se demandait quelle serait la façon la plus efficace de les combler toutes, les unes autant que les autres. Il y trouverait sans doute son compte, mais en amoureux des femmes qu'il était, il ne pouvait s'imaginer en satisfaire une plus qu'une autre. Ses interrogations avaient été toutefois subitement interrompues. D'un même geste, les cinq sirènes lui faisaient signe de s'approcher. Il s'apercevait, à cet instant, qu'il était inutile de planifier toute action : c'étaient elles qui prendraient les choses en main. Il savait qu'il avait à sa disposition suffisamment d'énergie pour toutes ces femmes, c'était l'essentiel. En homme bien élevé, il obéissait sur-le-champ et s'approchait du quintette divin après une dernière et très, très brève pensée pour Jean-Christophe et ce que celui-ci attendait de lui. Il aurait été prêt à sacrifier sa carrière, s'il le fallait, pour voir la suite des événements. Les top-modèles, de leur côté, l'accueillaient à bras ouverts, l'engouffrant dans leur cercle.

Dominic se rendait alors compte que le paradis existait vraiment, qu'il ne s'agissait pas que d'une machination montée par des religieux en quête d'adeptes. Tandis que dix bras splendides s'activaient à retirer ses vêtements et que cinq souffles chauds embrasaient son corps, son membre viril frémissait et tremblait de bonheur. Il était si impatient de s'engouffrer dans une des chaudes cavernes à sa disposition, peu importait laquelle ! Néanmoins, contre toute attente, c'était une bouche tiède, moite et accueillante, qui l'ensevelissait et le manipulait avec un savoir-faire désarmant. Ses mains ne rencontraient que des peaux de velours et des cheveux de soie.

Il aurait voulu avoir dix mains pour que chacune d'entre elles puisse caresser tous les seins, les fesses, les ventres et les sexes qui s'offraient à lui! Il tâtait, léchait, suçait à qui mieux mieux, tout en essayant de retenir une éjaculation menaçante. La bouche qui avait emprisonné sa verge se retirait alors, et il se retrouvait étendu sur le sol, une paire de jambes écartées au-dessus du visage, deux adorables seins massant ses testicules engorgés. On lui tenait une main, la frottant contre un sexe bien humide et combien tentant, et trois mains — oui, trois! — cajolaient sa queue doucement, avec une lenteur affolante. Les autres mains caressaient d'autres sexes autour de lui; des bouches féminines embrassaient et léchaient des seins magnifiques; des fesses admirables se collaient les unes aux autres. Le sexe qui lui chatouillait la bouche se retirait bientôt, et la déesse s'installait debout, les pieds de chaque côté de la tête d'un Dominic éperdu, de façon à lui offrir une vue imprenable sur ses lèvres écartées. Puis, une autre se plaçait en face d'elle, assez près pour que leurs seins se touchent, et la caressait lentement, permettant à la victime de voir tous les détails des doigts s'insérant dans les replis de chair odorante, puis glisser à l'intérieur, laissant une goutte onctueuse de jouissance lui atterrir sur la langue.

Dominic sentait alors une main — ou plusieurs? — s'insinuer le long de sa cuisse et s'emparer de nouveau de son membre gourmand, juste au moment où une troisième fée se glissait derrière les deux autres qui le surplombaient. Cette nouvelle venue caressait les seins de la seconde, puis lui flattait le ventre avant d'enfouir ses deux mains entre les cuisses écartées. Celle qui se faisait ainsi envahir s'accroupissait pour pouvoir goûter au sexe de la première qui ruisselait abondamment. La main sur le membre dressé de Dominic devenait quant à elle une bouche qui le pompait sauvagement, se retirant au moment où il sentait qu'une trop violente érection allait le saisir. Un sexe de femme prenait aussitôt place au-dessus de lui et se laissait glisser le long de sa verge haletante; c'était doux, chaud et glissant. La propriétaire de ce sexe enchanteur balançait les hanches et lui imposait un rythme tout d'abord langoureux, avant d'accélérer lentement. C'était là qu'il se rendait compte que la cinquième femme se tenait à l'écart. Elle était assise sur l'une des tables de maquillage, les jambes bien écartées, avec entre les mains une bouteille de parfum de la taille et de la forme d'une queue formidable, qu'elle glissait en elle de plus en plus rapidement.

De tout ce qui se passait autour de lui, ce qui excitait le plus Dominic était cette vision de la bouteille, bien lubrifiée, qui disparaissait profondément dans l'entre-cuisse du cinquième top-modèle avant de réapparaître, luisante. Puis, tout déboulait. Il haussait les hanches de manière à empaler la femme qui s'activait sur lui; chacune de ses mains s'emparait de l'un des sexes au-dessus de sa tête; la quatrième femme se caressait elle-même, et la dernière entamait avec la bouteille de parfum un rythme frénétique en se l'enfonçant de plus en plus profondément dans le vagin. Il jouissait finalement en même temps que les deux sexes qui roulaient sous ses doigts. Sa cavalière et celle qui se masturbait étaient pour leur part toutes deux secouées de spasmes effrénés, et la bouteille de parfum s'immobilisait tout au fond du sexe de la cinquième beauté, maintenant tremblante.

Pantelant devant une telle vision paradisiaque, Dominic, à mi-chemin entre le fantasme et la réalité, ferma les yeux un moment. Puis, il s'endormit pour s'éveiller une heure plus tard, dans son salon, affalé dans son fauteuil favori, le pantalon défait et poisseux.

• • •

Dominic survécut tant bien que mal à l'attente. Les jours passèrent avec une lenteur insoutenable, ponctués d'érections spontanées au seul souvenir de son fantasme qui, dans ses rêves les plus fous, se réaliserait sans doute bientôt. Après une semaine, elles devinrent presque constantes. Bien sûr, il tentait de ne pas se faire trop d'illusions. Ce qu'il espérait plus que tout au monde n'avait que d'infimes chances de se produire. Toutefois, il refusait de croire qu'il ne lui serait pas permis de vivre ne serait-ce que la plus minuscule parcelle de ce rêve, et cela en vaudrait la chandelle. Fébrile, il avait fait et défait sa valise plusieurs fois, en tentant de ne rien oublier, mais sans en faire trop.

Au matin du grand jour, il était dans un tel état d'énervement et d'épuisement qu'il manqua presque son avion. Arrivé à New York, il se précipita sur le premier taxi jaune de la file. Le chauffeur conduisant de manière presque civilisée, Dominic sentit qu'il était doté d'une chance extraordinaire qui allait l'accompagner tout au long de la journée. Il profita du trajet pour tenter de se calmer et de se composer une attitude professionnelle, celle d'un homme calme et tout à fait habitué à ce genre d'événement. Il fallait en effet qu'il ait l'air sûr de lui, surtout pour les mannequins. Les femmes étaient si perspicaces! Il devait absolument les convaincre qu'il était prêt à toutes les possibilités et qu'il n'était pas trop excité… Si seulement sa queue pouvait se tenir tranquille !

Il avait heureusement revêtu un pantalon ample qui dissimulerait bien une érection malvenue, tout en le laissant libre de ses mouvements. Une ancienne conquête lui avait de plus affirmé qu'il avait, dans ce pantalon, des fesses croquables.

Il arriva donc avec une bonne heure d'avance, comme prévu. Il se présenta à une jeune femme qui, cartable à la main, vérifia son identité avant de le diriger vers le lieu sacré qui le transformerait sans doute en nouvelle coqueluche des mannequins, voire, qui sait, en amant rassasié. La jeune femme qui le guidait n'était certes pas attirante. Froide, trop grande et trop maigre, elle était tellement pincée que Dominic prit bonne note de tout ce qu'elle lui expliquait pour ne pas avoir à la consulter de nouveau. Tant pis ! Les beautés qui s'offriraient à lui, quelques minutes plus tard, compenseraient largement son arrivée un peu ratée. Cette seule pensée provoqua un nouveau frétillement dans son pantalon. Sa guide lui montra la galerie des photographes dans une salle somptueuse, puis lui indiqua le chemin des coulisses. Dominic était dans un état second. Il se voyait déjà attirer chaque mannequin qui paraderait dans un coin, relever les vêtements qu'elle viendrait d'exhiber de façon si professionnelle, puis la pénétrer sauvagement. Il honorerait chacune d'elles si fort et si bien qu'elles en perdraient tout contrôle et hurleraient de plaisir, le suppliant de ne jamais s'arrêter. Il y avait tant de possibilités ! La jeune femme l'informa alors qu'il y aurait douze mannequins, recrutés parmi les meilleures agences du monde, puis le laissa s'installer. Dominic prit tout son temps, sortant ses appareils et accessoires de leur étui en prenant une profonde inspiration entre chaque mouvement, afin de faire diminuer son érection déjà énorme.

Il était prêt. Il se plaça derrière son appareil et tenta de s'imprégner des lieux encore calmes. Les habilleuses apportaient les porte-vêtements recouverts de housses opaques, et les maquilleuses installaient leur fourbi. Le café s'écoulait doucement dans plusieurs cafetières, et un traiteur installait d'énormes paniers de fruits et diverses victuailles sur une grande table. Les dames tant attendues arriveraient sûrement très bientôt.

S'examinant dans la glace, Dominic mit la touche finale à son apparence : il déboutonna un peu sa chemise, sentit discrètement ses aisselles pour s'assurer qu'aucun relent ne viendrait tout gâcher, aspergea son visage de lotion après-rasage et s'assura qu'il avait bien apporté sa boîte de condoms, sait-on jamais… Enfin, il ébouriffa quelques boucles de son épaisse chevelure et s'installa nonchalamment dans un fauteuil, bien calé et en faisant mine de lire un magazine afin d'avoir l'air vaguement ennuyé par l'attente.

Le bruit de nombreux pas se fit bientôt entendre, comme si douze mannequins surgissaient en même temps. Parfait ! Il n'aurait qu'une seule surprise à vivre et pourrait toutes les embrasser d'un seul regard. Il réajusta sa pose en les entendant arriver à l'entrée de la salle, affichant son air le plus séduisant, tout en regardant la porte s'ouvrir sur son destin… une bande de gamins bruyants, le plus âgé ayant à peine neuf ans, effroyablement excités à l'idée de faire leur premier vrai défilé.

Un tiens vaut
mieux que...

La sueur qui me recouvre le corps s'assèche lentement, tandis que le rythme de mes battements cardiaques retourne à la normale. Quelle performance ! Nathan me surprend toujours ; chaque fois que nous faisons l'amour s'avère meilleure que la précédente, et celle que je viens de vivre était époustouflante. L'état du lit en témoigne d'ailleurs de manière assez évidente ! Un coin du matelas est appuyé sur le sol, les trois autres reposant toujours précairement sur la base. Les draps, auparavant soigneusement tendus, ne forment plus qu'un tas emmêlé dans nos jambes. Même le couvre-matelas gît dans un coin. Nous ne nous sommes pourtant pas battus, loin de là !

J'ignore ce qui rend nos ébats si exceptionnels. Nous baignons chaque fois dans une atmosphère profondément érotique, nous livrant totalement à notre plaisir respectif et mutuel. Nous devenons presque des animaux, mais des animaux qui s'aiment bien et veulent plaire à leur partenaire. C'est étrange, quand même. Nathan est un homme de nature réservée ; toutefois, au lit, il me dévoile sans cesse de nouvelles personnalités. Il s'ouvre à moi sans gêne ni retenue, m'expliquant en détail son fantasme du moment. Et j'embarque dans son univers. Nous avons fait tant de jeux ensemble que je me demande parfois qui est le vrai Nathan et à quoi rêve la vraie Sarah. Car je lui en raconte, des choses… Généralement, je sonde son humeur et m'invente un fantasme, selon son état d'esprit. S'il est rieur et enjoué, je deviens la servante délurée, revêtant un petit tablier et un bonnet assorti. Il se comporte alors en maître capricieux, courant après sa domestique impertinente jusqu'à ce que nous nous écroulions de rire et d'excitation.

Si, au contraire, je le sens mélancolique ou déprimé, je joue la maîtresse tendre et amoureuse; je le masse doucement, laissant monter son plaisir lentement et délicieusement. Nous faisons ensuite l'amour longtemps et passionnément.

Mais l'humeur que je préfère chez lui, c'est lorsqu'il est frondeur, tentant ouvertement et directement de m'entraîner vers le lit au moyen de sa solide érection. Il peut être si vulgaire et macho, parfois, j'adore ça! Je me transforme alors en pute de trottoir, l'assaillant tant verbalement que physiquement, le torturant sans merci jusqu'à ce qu'il s'enfonce en moi par l'arrière, saisissant mes hanches à pleines mains pour m'empaler plus efficacement. Bref, nous aimons ces petites mises en scène qui nous rapprochent et nous rendent complices d'un tas de souvenirs plus ou moins réels.

Cependant, notre routine, si on peut l'appeler ainsi, s'est transformée depuis… depuis quand, déjà? Je crois que c'était un mardi; en tout cas, durant la semaine, puisque nous étions tous deux rentrés tard du bureau. Nous étions fatigués, ce soir-là, et avions envie de faire l'amour, sans toutefois nous décider à passer aux choses sérieuses. Nathan était songeur. Peut-être essayait-il d'imaginer un scénario sensuel? Je l'ignorais, alors j'ai entrepris, au moment où il se préparait à laver la vaisselle, de défaire son pantalon. Je me suis penchée devant lui, agaçant son ventre et ses fesses, puis me suis agenouillée. Il semblait indécis, alors pourquoi ne pas prendre l'initiative? Il n'a soulevé aucune objection, aussi ai-je commencé à sucer langoureusement sa queue. Il s'est laissé faire, toujours silencieux et songeur, puis a semblé avoir une idée.

— Qu'est-ce qui te ferait vraiment plaisir? m'a-t-il demandé.

Comme j'avais la bouche pleine et que mon éducation me défendait de m'exprimer dans ces conditions, il a enchaîné:

— Tu aurais envie d'une autre queue?

J'ai fait subtilement non de la tête.

— Jamais? Allez, tu peux tout me dire…

J'ai refait le même geste.

— Et si c'étaient la mienne et une autre?

Là, j'ai hésité. J'ai l'imagination fertile et, bien sûr, j'avais déjà songé à une telle situation. Et je connaissais suffisamment Nathan pour savoir qu'il ne prendrait pas ombrage de ce nouveau fantasme avoué. Je l'ai donc sucé de plus belle, pour lui montrer mon approbation.

— Ah, ah! Et tu la verrais comment, cette rivale? Plus grosse que la mienne?

Hum… le sujet devenait plus délicat. Je n'étais pas certaine de vouloir m'avancer aussi concrètement sur un terrain qui pouvait rapidement devenir glissant. J'ai donc fait la sourde oreille.

— Je parie que tu apprécierais une grosse queue noire, comme dans les films…

Cette pensée m'a fait un drôle d'effet. Comme quoi mes pensées secrètes ne l'étaient peut-être pas tant que ça, finalement! Car oui, je l'avoue, je m'étais souvent prise à penser rêveusement aux grosses verges noires des films pornos. Il faut dire que plusieurs d'entre elles étaient tout simplement magnifiques, quoiqu'un peu effrayantes. Et souvent, l'homme qui allait avec était plutôt attirant.

Toujours à genoux devant Nathan, j'ai soudain imaginé l'un de ces grands gaillards taillé au couteau et à la verge immense. Ça allait plutôt bien jusque-là. Mais quand j'ai ajouté à cette image celle de mon amant, j'ai aussitôt ressenti un picotement fort agréable au niveau du bas-ventre. J'ai aspiré plus fermement, enserrant le gland entre mes lèvres, caressant doucement la verge de ma langue.

— Hmmm… tu le sucerais comme ça, l'autre gars?

Je suis demeurée silencieuse.

— Je te jure que j'aimerais bien voir ça. Rien que d'y penser…

Sa queue a un peu sursauté et s'est davantage gonflée.

— Allez, dis-le moi, tu le sucerais comme ça? Tu le laisserais te faire l'amour? Je pourrais regarder?

Les images se bousculaient dans ma tête. Je me voyais agenouillée devant un gars immense dont le membre pendait presque jusqu'aux genoux. Je l'enfouissais comme je le pouvais dans ma bouche, tandis que Nathan me caressait comme il savait si bien le faire. Puis, l'inconnu se retirait et Nathan prenait sa place. Je le suçais avidement, et l'autre s'agenouillait derrière moi et enfonçait son membre incroyable entre mes cuisses ouvertes et moites. Cette verge était colossale, et à la douleur atroce que je ressentais se mêlait un plaisir de la même ampleur. Je me sentais envahie, fouillée, pleine… Ensuite, des doigts — les miens, peut-être? — s'emparaient de mon sexe et le broyaient impitoyablement, écrasant la chair d'un toucher rude et douloureux. Je croyais la jouissance imminente et accélérais la succion sur la queue de Nathan, tandis que l'autre me labourait de plus en plus rapidement. L'homme me martelait si fort et si vite que j'avais de la peine à ne pas crier. Puis, il se retirait et m'aspergeait le dos et les fesses de ce qui semblait être un seau de jouissance tiède. Évidemment, tandis que ma tête était en train d'imaginer tout ceci, je pompais Nathan avec un zèle inégalé, tout en me caressant sans la moindre douceur. Quand Nathan s'est enfin répandu dans ma bouche, j'ai senti un flot s'échapper de mon propre sexe et ai été ébahie d'avoir ressenti autant de plaisir.

Depuis ce jour, cette image n'a cessé de me hanter. J'imaginais combien il serait bon d'avoir, pour moi seule, Nathan, mon amant incomparable, et ce gars auquel je croyais de plus en plus. Je me disais effectivement qu'il devait bien exister quelque part... mais où ? Chaque fois que nous avons fait l'amour, après ce soir-là, ce troisième personnage a toujours virtuellement participé à nos ébats. Nathan ne le savait pas, bien sûr. L'ego des hommes étant si fragile et imprévisible, il était hors de question qu'il s'imagine que cet homme fantasmé était devenu essentiel à mon plaisir. Pourtant...

Je n'ai pas pu me taire très longtemps. Une semaine à peine après l'apparition de ce fantasme troublant, j'ai demandé à Nathan s'il accepterait de faire l'amour à trois, un de ces quatre. J'ai aussi spécifié qu'il s'agirait de deux hommes pour moi seule, afin de ne pas faire naître en lui de faux espoirs. Il a malheureusement réagi comme je le craignais :

— Je ne te suffis déjà plus...

— Mais non, tu le sais bien !

J'ai fait de mon mieux pour le réconforter. Je lui ai

avoué que je n'avais jamais eu de meilleur amant que lui et qu'il avait tant accompli pour l'épanouissement de ma sexualité que je lui serais reconnaissante le reste de mes jours. Et j'en ai ajouté et ajouté, question de le rassurer. Ce n'était cependant pas difficile, puisque tout ce que je lui confiais contenait une large part de vérité. J'ai conclu en disant :

— Tu m'as tellement fait grandir sexuellement, que j'ai envie d'explorer à fond toutes ces merveilleuses sensations que tu me fais ressentir. Tu ne peux quand même pas m'en vouloir, car c'est toi qui m'as ouvert les yeux !

— Eh bien, j'en suis flatté, mais si tu y prenais goût ?

— Allons, Nathan… on parle d'un fantasme. Je n'ai pas l'intention d'avoir des orgies tous les trois jours. Et puis, on n'a pas besoin de connaître l'autre gars; je préférerais même qu'il demeure anonyme ou, du moins, ne plus avoir à le revoir. Comme ça, s'il est déçu ou qu'il ne fait pas l'affaire, on ne sera pas dans une position difficile. Ce serait le plus beau cadeau qu'un homme pourrait me faire !

— Laisse-moi y penser, d'accord ?

Je n'ai pas ajouté un mot. De nature assez perspicace, je sais généralement quand il vaut mieux me taire et laisser aller les choses. J'avais bien débattu mon point, il ne me restait plus qu'à attendre que Nathan se décide. Et cette fois-ci, il m'a fait languir trois semaines. Trois longues semaines au cours desquelles je me suis demandée au moins cent fois s'il avait tout oublié de notre conversation, s'il ne savait pas comment me refuser cette aventure sans me blesser, ou bien s'il m'en voulait de mon caprice, même si, après tout, il en avait été l'instigateur.

Je brûlais d'impatience de connaître sa réponse, surtout depuis que j'avais vu, en chair et en os, l'homme qui pouvait exaucer mon fantasme, et ce, à peine deux jours après avoir adressé ma requête à Nathan. Il m'était d'ailleurs impossible de le faire disparaître de mes pensées.

Je ne me serais certes jamais doutée qu'une telle apparition puisse se matérialiser sur mon lieu de travail, mais c'est bien ce qui s'est passé. Devant mes yeux ébahis, est apparu un beau jour un homme comme on n'en voit jamais, sauf, peut-être, dans les rêves les plus corsés. Il portait le veston ample de la compagnie de courrier avec laquelle nous faisions affaire depuis long-temps, mais j'étais certaine de ne jamais l'avoir vu aupa-ravant…. Un tel dieu ne s'oublie pas. En l'apercevant, j'ai aussitôt ressenti le même picotement au bas-ventre que celui que provoque généralement la langue de Nathan entre mes cuisses. Mon fantasme est devenu bien réel. C'était lui, le deuxième homme, le partenaire anonyme qui s'immiscerait dans notre couple pour nous faire vivre un moment inoubliable!

Pourtant, il n'était pas noir. Il avait plutôt des traits résolument amérindiens. Très grand, les épaules impo-santes, la taille étroite, les jambes longues et solides, il avait une abondante chevelure d'ébène, dont une partie était lâchement retenue en queue de cheval. Ses immenses yeux noirs, légèrement bridés et éloignés l'un de l'autre, rendaient la largeur de son visage presque étonnante. Sa peau cuivrée semblait délicieuse; son cou, large et puissant, évoquait un magnifique cheval sauvage… Je le désirais comme je n'avais jamais désiré un homme de ma vie. Totalement sous le charme, je suis restée plantée là, le sac à main sur l'épaule, un pied devant l'autre, telle une image figée. La réceptionniste a accueilli ce bel homme avec sa gentillesse habituelle, a signé le formulaire et pris le paquet. Celui que je surnommais déjà «mon Amérindien» lui a de son côté décoché un sourire étincelant qui illumina son visage tout entier, avant de me regarder brièvement en hochant légèrement la tête, de se retourner et de partir.

J'étais bouleversée. Je n'avais jamais vu, du moins en personne, un être aussi sensuel. Je voulais l'avoir là, tout de suite, nu devant moi, son corps si magnifiquement sculpté à ma merci, son membre que je devinais long et musclé bien enfoncé dans ma bouche. Je désirais l'entendre gémir de plaisir, sentir ses mains puissantes sur mes épaules et sur mon corps… Bref, j'étais envoûtée.

J'ai pris quelques minutes pour retrouver mes esprits, feignant de chercher quelque chose dans mon sac à main. Après m'être calmée, je suis sortie de l'édifice et me suis dirigée vers ma voiture. J'ai démarré et failli quitter le stationnement sans remarquer la petite voiture dont l'occupant — mon dieu à la peau cuivrée — fouillait dans un tas de papiers épars. Une autre décharge d'adrénaline a aussitôt parcouru mon corps, et comme il s'apprêtait à partir, je l'ai laissé passer devant moi. Hypnotisée, je l'ai sans m'en rendre compte suivi jusqu'au centre commercial, et y suis rentrée à sa suite. C'est là que j'ai perdu sa trace. Déçue, interloquée, j'ai repris mes esprits d'un seul coup. Mais qu'est-ce que je fabriquais à suivre un étranger jusqu'ici? Qu'aurait-il pensé s'il l'avait remarqué? J'étais passée très près d'une situation embarrassante.

Malgré tout, les jours suivants, je trouvais toujours

une excuse pour me rendre à la réception, à la même heure, dans l'espoir de l'apercevoir. Il est effectivement venu trois autres fois, et à chacune de ses visites, je me suis retrouvée avec la culotte humide et l'esprit ailleurs pour le reste de la journée. C'était lui, maintenant, qui assistait et participait à mes ébats avec Nathan, et non un personnage vaguement esquissé. Ses traits étaient bien ancrés dans ma mémoire, et c'était lui que j'imaginais dès que la main de Nathan se posait sur moi.

Ce soir encore... je l'ai sucé avec une ardeur extrême, je l'ai laissé me faire l'amour intensément par l'intermédiaire de la queue de Nathan. Cher Nathan! Devrais-je lui demander s'il a réfléchi à ma proposition? Oserais-je risquer le tout pour le tout et lui poser un ultimatum? Ma cigarette me brûle presque les doigts. Je me relève légèrement pour atteindre le cendrier, et Nathan en profite pour replacer un peu les oreillers éparpillés autour de nous, avant de m'attirer tendrement vers lui:

— C'est d'accord.

Je crois avoir mal compris, alors, pour ne pas me causer de fausse joie, je joue l'innocente, prétendant ne pas avoir la moindre idée de ce à quoi il fait allusion. Il répète donc:

— C'est d'accord, tu sais, pour ce que tu m'as demandé... l'autre mec.

— Tu blagues?

— Non, non.

Il inspire bruyamment:

— J'espère seulement que ce que j'appréhende ne se produira pas. S'il fallait que tu y prennes goût ou que tu ne me désires plus par la suite, je ne me le pardonnerais jamais. De mon côté, je m'arrangerai pour que le fait de te voir avec un autre ne me perturbe pas trop.

— Mon amour, je ne pense qu'à toi et suis déjà toute excitée…

C'est vrai. J'omets, bien sûr, de décrire dans les détails ce qui m'excite tant. Je ne jetterai pas d'huile sur le feu en lui avouant que c'est son rôle plus passif dans mon fantasme qui m'excite au plus haut point. La sève coule entre mes cuisses, témoignant de mon désir intense. J'attire sa main vers moi; il me caresse doucement. Puis, nous faisons l'amour passionnément et nous endormons dans les bras l'un de l'autre.

Mon sommeil est agité. Ce qui me hante, maintenant que j'ai l'approbation de Nathan, c'est la manière d'arriver à mes fins. Comment approcher le bel inconnu? Toutes sortes d'options, plus farfelues les unes que les autres, s'offrent à moi. De quoi aurais-je l'air si je lui faisais ouvertement part de mes plans? Devrais-je être plus subtile et tenter de l'attirer ici pour un motif obscur, pour ensuite, selon sa réaction, l'entraîner vers notre lit conjugal? La nuit porte conseil, dit-on. J'ai cependant le sentiment que celle-ci me laissera dans le néant le plus total. Et effectivement, il fait presque jour quand, épuisée et à court d'idées, j'arrive enfin à m'endormir. Ma dernière pensée aura été la suivante: «Aurai-je seulement le courage d'aller au bout de mon idée?»

• • •

Il s'appelle Shey. Il faut prononcer «Ché». Je l'ai revu deux fois en l'espace d'une semaine, et je n'arrive toujours pas à me décider au sujet de l'approche à adopter. J'ai cependant fait un peu de progrès, puisqu'il sait maintenant que j'existe.

Il faut dire que j'ai eu de la chance… Cet après-midi, un client m'a fait livrer un important colis que je devais recevoir en main propre. Quand la réceptionniste m'a demandé de me présenter à la réception, je ne me doutais pas que le bel étalon allait être là et que j'entendrais sa chaude voix s'enquérir:

— C'est vous, Sarah L.?

J'ai tout d'abord cru défaillir. La manière dont il avait prononcé mon prénom m'avait fait tout drôle. Il se tenait là, à quelques centimètres de moi, me tendant un stylo pour que j'appose ma signature sur le formulaire. Toutefois, trop perturbée par sa présence imposante, je demeurais figée à admirer sa main tendue. Je le voyais sonner chez moi, tard en soirée. Je lui ouvrais la porte, presque totalement dévêtue, et laissais la nature suivre son cours. Une fois les choses bien enclenchées, Nathan se joignait à nous, ou bien simplement nous observait. Je pouvais bien lui laisser le choix, après tout, c'était la moindre des choses. Tiens… ça pourrait peut-être marcher.

Et en définitive, qu'est-ce que j'ai à perdre, si ce n'est ma fierté, mon honneur et ma réputation?

Je fais donc part de mon projet à Nathan le soir même. Il reste là, sans rien dire, n'osant m'interrompre pour me poser une question, ni pour soulever quelque objection que ce soit. Je m'excite et en bafouille presque. Une fois que j'ai terminé et un tant soit peu retrouvé mon calme, Nathan prend enfin la parole:

— Tu m'as l'air pas mal amourachée de ce gars-là…

Moi qui croyais pourtant m'en être bien sortie sans laisser paraître mon emballement pour Shey! Je proteste mollement, disant qu'il est effectivement très attirant et que n'importe quelle femme serait troublée par son apparence et sa présence. Cela ne paraît pas rassurer Nathan, puisqu'il se renfrogne et semble me bouder comme un enfant d'école à qui l'on aurait volé un biscuit. Il ne faut pas qu'il change d'idée! Pas maintenant! Presque paniquée, je réussis à grand peine à me contenir et dis d'un air indifférent:

— Mon chéri, si tu le veux, on oublie toute cette histoire. Allez, ce n'est pas grave, n'en parlons plus.

Je me trouve courageuse d'avoir tenté cette tactique si prévisible. Nathan mord néanmoins à l'hameçon et, se croyant redevenu maître de la situation, me fait un large sourire avant d'ajouter:

— Mais non, ça va! C'est quand même un peu moi qui t'ai mis cette idée-là en tête, après tout. Je ne me dégonflerai pas maintenant! Écoute, ton plan me semble possible. Maintenant, raconte-moi comment tu vois ça en détail...

Je lui décris Shey de façon concise, puis lui expose le scénario que j'ai imaginé. Tandis que je prends le temps d'agrémenter mon récit de nombreux détails, Nathan me déshabille pièce par pièce. Puis, il me coupe la parole d'un baiser, et nous faisons l'amour furieusement. Dans ma tête, dansent le visage et le corps de Shey. Je n'en peux plus d'attendre! Je veux les avoir tous les deux maintenant! Ce soir? Bientôt? Demain? Impossible. Après-demain, qui sait... Nous nous endormons dans les bras l'un de l'autre; moi en train de saliver à l'idée de réaliser de manière imminente mon fantasme, et Nathan d'étouffer ses doutes et ses derniers scrupules avant qu'il ne soit trop tard. Peut-être se demande-t-il dans quel pétrin il s'est placé... J'aimerais tant le rassurer. Tout ceci ne fait que raffermir mes sentiments pour lui, alors qu'il s'imagine déjà le contraire.

• • •

Dès mon réveil, le lendemain, je prépare mon coup. Il faut que mon prétexte pour attirer Shey chez moi soit solide. Si je rends le tout trop officiel et que c'est par le biais de la compagnie pour laquelle je travaille que je me charge de faire ramasser le document en question chez moi, je cours le risque qu'on me demande des comptes. Il ne faut pas non plus oublier la possibilité qu'un autre employé de la compagnie de courrier se présente à ma porte. J'imagine la tête que je ferais! Je dois donc opter pour la carte personnelle, en contactant Shey directement pour lui dire que le bureau ne doit être au courant de rien, que c'est la raison pour laquelle je lui demande de se rendre chez moi en soirée, et qu'un gros pourboire l'attend si c'est lui qui s'en occupe personnellement, puisque je connais son efficacité, bla, bla, bla... Ça devrait marcher.

Les heures de la journée s'émiettent lamentablement jusqu'à l'heure fatidique que je m'étais préalablement fixée pour lui téléphoner, afin de convenir d'un rendez-vous chez moi pour le lendemain, s'il est disponible. Vu l'importance de mon document, je ne le remettrai qu'à lui! Plusieurs fois au cours de cette longue journée, je pense me dégonfler. Si je m'arrête trop longtemps pour songer aux conséquences de ce coup de fil, je me trouve complètement cinglée. Par contre, quand je rêve aux délices qui peuvent en découler, j'en oublie mystérieusement tous mes scrupules.

Il est seize heures; c'est le moment ou jamais. Je

compose le numéro d'une main tremblante, tout en me disant que Shey sera probablement absent, en train d'effectuer une livraison urgente. Mais la réceptionniste me fait patienter un instant, et j'entends sa voix sublime me répondre. Presque en chuchotant — les murs ont des oreilles! —, je lui fais part du service dont j'ai besoin. Il accepte tout de suite, note mon adresse et m'assure qu'il sera chez moi le lendemain, à vingt heures pile.

J'ai la tête ailleurs tout le reste de la journée. Je tente de travailler efficacement, mais sans succès. Je m'acharne toutefois sur un dossier important jusqu'à la dernière minute. À dix-sept heures, je me précipite hors de l'édifice et retourne rapidement à la maison, afin d'annoncer la bonne nouvelle à Nathan, tout en l'accueillant d'une façon bien particulière.

• • •

Moi qui croyais que la veille avait été interminable, il me semble que chaque minute qui me sépare de la soirée fatidique s'étire sans fin, que rien de tout ce que j'anticipe ne se produira. Je me demande ce qui pourrait venir gâcher ma soirée: Nathan changeant d'idée, ou alors Shey ne se laissant pas convaincre aussi facilement que je l'espère… ou il se pourrait aussi que ma mère choisisse ce soir-là pour arriver chez moi à l'improviste. Cette dernière pensée me fait sauter sur le téléphone, pour éviter cette horrible possibilité. J'adore ma mère, mais pas ce soir!

Il est finalement dix-sept heures. Je sors de l'édifice encore plus vite que la veille et me rends à mon appartement en un temps record.

Nathan est déjà là, et il a tôt fait de me rassurer qu'il

n'a pas changé d'idée. Il a même l'air excité, lui aussi. Tant mieux! De toute façon, je n'aurais pas le courage de tenter de le convaincre par quelque obscur stratagème. Nous mangeons du bout des doigts, ne cherchant qu'à nous remplir l'estomac, afin d'être en forme pour la soirée. Vers dix-neuf heures, je ne tiens plus en place. Nathan m'attire vers la salle de bain; il y fait couler un bain en y versant une généreuse rasade d'huile moussante. Puis, il me déshabille et m'installe doucement dans la chaude mousse. Il nettoie délicatement mon visage en me massant soigneusement les tempes et les joues, me lave le corps entier et s'attarde sur mon ventre, qu'il caresse amoureusement. Je m'immerge la tête sous l'eau, puis me laisse flotter, savourant les caresses que Nathan me prodigue. Il m'excite lentement, faisant sourdre au plus profond de mon ventre cet agréable pincement d'anticipation et de désir. Il se joint enfin à moi, provoquant de douces vaguelettes. Je m'agenouille devant lui, glissant son membre bien dur entre mes cuisses, le frottant contre mes lèvres entrouvertes. Nathan se laisse faire, me permettant de l'utiliser à ma guise quelques instants. Puis, il se relève:

— Continue sans moi… Il est presque vingt heures, je serai dans la chambre.

Maintenant seule, je me caresse distraitement. Il m'a bien détendue, aussi suis-je passablement calme quand la sonnerie de la porte retentit quelques minutes plus tard. Je sors du bain en me couvrant lâchement d'un peignoir moelleux et ouvre. Shey est devant moi, chez moi. Enfin.

— Euh, je vous dérange… Excusez-moi…

Je le rassure en l'entraînant à l'intérieur. Je laisse mon

peignoir s'ouvrir sur mon corps nu et ruisselant en refermant la porte, la pointe d'un de mes seins effleurant le cuir de sa veste. Je trouve alors le courage de plonger mon regard dans ses yeux immenses, tentant d'y découvrir la marche à suivre. Il soutient mon regard un instant, puis sourit. Je me dresse sur la pointe des pieds et j'enfouis mon visage dans son cou, humant l'odeur capiteuse de sa peau. Ses mains sont déjà sur mon corps, retirant le peignoir jusqu'à ce que je me retrouve nue dans ses bras et que je puisse percevoir, contre mon bassin, la fermeté flatteuse qui se révèle à-travers son pantalon. Je me félicite de ma chance. C'était finalement plus facile que je ne le croyais! Du moins, pour le moment. Confiante, je me laisse aller aux confidences:

— Je te désire depuis la première fois que je t'ai vu.

Je n'attends ni n'espère aucune réplique. Je ne lui en laisse d'ailleurs pas le loisir, recouvrant ses lèvres des miennes en un baiser auquel il participe fiévreusement. Je me demande si Nathan nous épie déjà… mais pour le moment, je préfère me consacrer à Shey. Je m'acharne sur ses vêtements, retirant sa veste, sa chemise, défaisant son pantalon de mes mains tremblantes. Son anatomie dépasse mes espoirs les plus fous. Sa verge est large, longue, puissante, appétissante. En fait, tout son corps a la perfection d'une statue de bronze, y compris la teinte, et je suis émerveillée. Je ne peux m'empêcher d'embrasser cette peau enivrante, de lui mordiller les épaules et le cou, de lui lécher le ventre, son torse si lisse, ses bras musclés. Je suis déchaînée. Contrairement à ce que je m'étais imaginée, c'est moi qui l'entraîne vers le divan, lui retirant ce pantalon embarrassant. Je l'installe confortablement avant de m'agenouiller devant lui, telle une servante devant son maître. Sa verge palpite, elle m'hypnotise. J'y dépose la langue, en caressant la peau si fine et en dessinant chaque renflement, chaque veine. Je me crois incapable de l'engouffrer, mais m'y résigne, la sentant s'appuyer fortement contre la paroi de ma gorge. Elle est délicieuse, avec un goût différent de celui auquel je suis habituée, plus subtil. Shey semble apprécier mes attentions, puisque ses mains s'égarent dans mes cheveux et sur mon visage. Je crois que sa queue a atteint sa taille maximale et en profite pour interrompre mes caresses et glisser mon corps contre le sien, frottant ce membre délectable sur mon sexe brûlant, admirant ses yeux sans prononcer une seule parole. Un seul mot pourrait tout gâcher… Je l'aspire enfin en moi. Il est vraiment énorme, aussi ai-je de la peine à le contenir. Mais c'est le moindre de mes soucis, en ce moment. Ses mains empoignent solidement mes seins, les écrasant durement. Puis, il approche sa bouche, mordillant mes mamelons tendus à l'extrême. Je savoure cet instant délicieux où, profondément ancré en moi, il reste immobile, attendant un signal de ma part. Je contracte mes muscles tout autour de sa verge, espérant lui faire sentir ma gratitude, et commence à me mouvoir lentement pour voir jusqu'où je peux aller. Et vu le plaisir intense qu'il me procure, je me démène de plus en plus rapidement, l'attirant toujours plus profondément en moi. Je me soulève sur les pieds, afin d'accentuer le mouvement. Je gémis. Je jouis. Il s'en rend compte, puisqu'il me soulève dans ses bras robustes en se relevant. Puis, il se retire doucement et me retourne. Je me précipite aussitôt sur le divan, appuyant mes coudes sur le dossier, lui offrant mes fesses bien écartées. À ma grande surprise, il s'agenouille aussi et, de sa langue, lèche mon sexe maintenant brûlant. Je le laisse aller pendant quelques minutes, puis l'implore de me pénétrer. Il s'exécute, et je retiens difficilement un cri de surprise devant la merveilleuse douleur que je ressens. Il me broie littéralement le ventre. J'ai l'impression qu'il va me déchirer, et c'est sublime. J'entrouvre les yeux un moment et aperçois Nathan qui s'approche. Oh là là, je l'avais complètement oublié! Un sursaut de remords m'assaille. Peut-être avait-il raison, après tout. Je serai sans doute incapable d'effacer le souvenir de Shey de ma mémoire après cette soirée. Pire encore, je ne le désirerai que davantage… Il est trop tard pour y penser, maintenant. Le fait de voir Nathan si près de nous, bien bandé et le regard assuré provoque en moi une délicieuse bouffée de plaisir. Je me sens désirée, belle, séduisante. J'ai envie de me donner en spectacle devant lui sans retenue. Je me relève un peu, le regarde et pétrit durement mes seins. Je les pince, les égratigne, les étire, afin de pouvoir les embrasser et les lécher. Nathan est maintenant tout près, et Shey n'a pas bronché. C'est merveilleux! Tout se passe exactement comme j'en rêvais! Je m'attends, à chaque instant, à ce qu'il se produise quelque chose qui brise l'atmosphère et vienne tout gâcher. Aussi, quand Nathan monte sur le divan, s'assoit sur le dossier et fait danser sa queue devant mon visage, je nage en plein bonheur. Je ne sais pas s'il a vraiment regardé Shey ou si ce dernier est perturbé par sa présence, mais je m'en fous. La performance de mon invité n'en est pas affectée, et Nathan semble s'abandonner au plaisir que je lui procure. En fait, il rend les armes plutôt vite… À peine quelques instants de succion, et il jouit entre mes lèvres. Mais il reste là et est toujours aussi dur. Je le sors donc de ma bouche et le caresse, lui léchant la verge au rythme des coups de butor de Shey. Nathan retrouve rapidement sa prestance, et je sens Shey qui accélère et durcit davantage. Il s'enfonce avec ardeur, laissant mes fesses frapper contre ses cuisses, et je le devine près de l'orgasme. Bombant davantage mon arrière-train, je suis son rythme, anticipant même chaque poussée, quand il me saisit soudain les hanches et s'enfonce brutalement en poussant un gémissement contenu. Puis, il reste là, cajolant mon dos et mes fesses, alors que sa respiration ralentit.

J'imagine que mes deux hommes se consultent alors, puisque Nathan retire ma main autour de sa verge et descend du meuble pour céder sa place à Shey. Ce dernier est si grand et imposant que j'ai une petite pensée pour ce brave divan victime de nos excès... Mai déjà, Nathan est en moi. Je reconnais son toucher, son rythme, son approche. Je l'accueille avec joie et m'empresse de caresser la formidable queue qui se trouve devant moi. Mais là, quelque chose d'étrange se produit. Tandis que j'engouffre et suce la verge de Shey avec ardeur, Nathan se retire et se contente de me regarder faire. Il se tient là, son membre viril à la main, le visage impassible. Peut-être n'a-t-il pas envie de me faire l'amour tout de suite après un autre ? Je me rends soudainement compte du caractère plutôt extrême de la situation, et réalise que je viens possiblement de transformer notre vie de couple pour toujours. Alors même que mes lèvres et ma langue caressent la queue de l'inconnu, je fais le serment que je ne laisserai pas le souvenir de Shey et de cette soirée s'interposer entre nous. Et tout à coup, j'ai peur. J'ai peur que Nathan ne me regarde plus de la même façon et qu'il se sente, en quelque sorte, trompé. Je m'empresse d'en finir avec Shey, mettant mes mains à profit pour le faire jouir le plus rapidement possible. Son corps obéit à ma soudaine exigence, et je me retrouve rapidement aspergée de son sperme.

Malgré mes dernières pensées, je ne peux m'empêcher de me dire que tout ce que je viens de vivre était fabuleux. S'il fallait que nous ne reparlions plus de cette soirée, j'en garderais un souvenir indélébile, ce serait certain. Sachant qu'une telle situation ne se reproduira probablement jamais, je garde la queue de Shey dans ma bouche un bon moment, la léchant doucement. Je me rends bientôt compte que Nathan a disparu. J'en suis soulagée. Je me dégage de ma position devenue inconfortable et me blottis dans les bras accueillants de Shey. Il me serre délicatement, embrasse mes cheveux, mes paupières, mes joues, ma bouche. Une dernière caresse, puis il s'éloigne lentement :

— Va le retrouver, je crois que ça vaut mieux. Je m'en vais tout de suite.

Quel ange ! Il m'évite ainsi de choisir, d'avoir à déterminer comment me comporter envers lui et de me poser un tas de questions. Je l'embrasse une dernière fois et pars retrouver Nathan. Je me glisse, silencieuse, dans notre lit et le serre dans mes bras. À peine quelques minutes plus tard, j'entends la porte se refermer sur Shey et sur un fantasme inoubliable. Je tente de dormir, mais des pensées contradictoires assaillent ma tête déjà lourde. Ai-je fait la pire gaffe de ma vie ? Le plaisir extrême que j'ai ressenti durant cette soirée en valait-il la peine ? Comment Nathan se comportera-t-il avec moi, demain ? Je me blottis davantage contre mon amant, mon ami. Je suis persuadée qu'il a les idées tout aussi embrouillées que les miennes, et je me retiens de lui parler. Je voudrais tant qu'il me dise ce qu'il ressent! Je sens son corps tendu, et sa respiration régulière, mais peu profonde, m'indique qu'il ne dort pas. Il prend bientôt ma main, la presse contre son cœur. Ce geste me rassure quelque peu, me permettant d'échapper une longue expiration trop longtemps contenue. Puis, le sommeil me gagne et j'ose m'y abandonner, m'accrochant à l'espoir que le soleil se lèvera sur nous de la même façon qu'il l'a fait ce matin, baignant nos vies calmes de ses chauds rayons.

$$\bullet \ \bullet \ \bullet$$

Je m'éveille dans un lit vide : nulle trace de mon amant. En vérifiant l'heure, je constate qu'il est peu probable qu'il soit déjà parti travailler. Les événements de la veille se bousculent aussitôt dans ma tête ensommeillée, et une angoisse sourde me pousse à me lever, malgré l'heure supplémentaire de sommeil que je pourrais m'accorder.

Nathan n'est ni dans la cuisine, ni dans le salon. La pièce qui nous sert de bureau est vide, de même que la salle de bain. Je cherche en vain un mot quelconque laissé à mon intention sur un bout de papier, comme il a l'habitude de le faire quand il sort sans m'en avoir informée. Rien... rien que le chat qui vient s'emmêler dans mes jambes, ronronnant doucement, nullement affecté par l'anxiété qui me tenaille. Le café est fait... c'est déjà ça. Je m'éclaircis les idées avec une tasse du liquide bouillant, assise au bord de la chaise, tentant de me rappeler si la veille, Nathan avait mentionné quelque rendez-vous matinal que ce soit. Mais je ne me souviens de rien. Ou plutôt, que du corps splendide de Shey se frottant contre le mien, ainsi que du regard brûlant de désir de Nathan. Je chasse ces souvenirs tant bien que mal. J'aurai tout le loisir de les laisser resurgir plus tard. Pour le moment, j'ai peur. Un pressentiment indéfinissable parcourt mes veines. Je me sens totalement inutile, impuissante. J'entreprends donc ma routine matinale, en espérant que cette activité me sera d'un quelconque secours.

Par chance, je dois assister à une réunion en matinée. Cela devrait m'aider à passer le temps… Mais celle-ci se termine, et aucun message téléphonique ne m'attend. Il est déjà près de onze heures, et je suis toujours sans nouvelles de Nathan. Je tente de le joindre au bureau et me fais répondre qu'il n'y est pas encore passé. Il y était pourtant attendu, pour une réunion, à neuf heures précises… Je fais l'innocente, ne voulant pas laisser transparaître mon angoisse. «Oui, bien sûr, si j'ai des nouvelles, je lui demanderai de téléphoner le plus vite possible!»

Le reste de la journée s'écoule lentement, sans que rien ne vienne me rassurer. Mon appel de quinze heures au bureau de Nathan n'a pas plus de succès que le précédent, et je devine, au ton de sa secrétaire, qu'elle s'inquiète aussi. Je n'en peux finalement plus et quitte mon lieu de travail.

J'arrive à la maison essoufflée, énervée, frénétique. Et là, je me rends tout de suite compte que Nathan est passé plus tôt. Il serait difficile de ne pas remarquer la chaîne stéréo disparue de l'étagère, la penderie désertée de tout vêtement masculin et la salle de bain, dans laquelle ne traînent plus ni rasoir ni lotion après-rasage. Les trois tiroirs du bas de la commode sont aussi vides. Parti… il est bel et bien parti!

Je nage en pleine confusion. Mon cerveau enregistre tous ces détails et leurs ramifications, mais je ne ressens qu'un froid intense me geler les entrailles. Tout se bouscule dans ma tête, des merveilleux moments passés ensemble à ma stupide insistance au sujet de ce fantasme aussi spontané que futile. Tout compte fait, il a raison de me quitter. Pour être bien honnête envers moi-même, je dois avouer que cette nuit a occupé toutes mes pensées et que le souvenir du corps de Shey sera difficile à effacer de ma mémoire. Je crois sincèrement que Nathan n'était probablement pas totalement convaincu de ma loyauté envers lui et qu'il n'a pas pu effacer de son esprit le fait que j'aie baisé avec un autre. Je réalise maintenant que cette image se serait sans cesse dressée entre nous et nous aurait finalement empoisonnés.

Seule dans cet appartement que j'aimais tant et dans lequel une foule de souvenirs de Nathan me hantent, je me sens misérable. L'absurdité de ma conduite m'enrage. Je n'aurais pas pu me contenter d'un seul homme extraordinaire, comme la plupart des femmes de la planète? Non. Il a fallu que j'en demande plus, me croyant forte et insensible à tout sentiment contradictoire. Je pleure durant des heures, de colère comme de chagrin. Nathan me manque déjà terriblement. Il saurait sans doute me consoler… si je le méritais! Cette pensée me fait encore plus pleurer. Finalement, toutes ces larmes m'épuisent, et je m'endors sur le sofa, sur lequel je reste installée inconfortablement toute la nuit.

Chaque jour qui passe sans nouvelles de Nathan me déprime davantage. Il me manque tellement que j'en ai mal partout. Et pourtant, je ne peux chasser l'image de Shey de ma stupide petite tête, me demandant s'il accepterait de me revoir. Je me déteste lorsque j'ai ce genre de pensées, mais elles m'assaillent malgré moi.

• • •

Presque deux mois se sont écoulés quand je me décide enfin à me joindre à une copine pour une virée, un vendredi soir. Nous déambulons lentement, boulevard Saint-Laurent, à la recherche d'un endroit qui nous convient. Nous ne savons pas très bien ce que nous recherchons. Une fringale nous tiraille l'estomac, mais nous avons surtout envie d'un bon verre, de bonne musique et de bonne compagnie. Cette nuit, je la trouve agréable. Pour la première fois depuis que Nathan m'a quittée, j'ai le sentiment que je ne suis pas si abjecte que cela, et qu'il serait possible, malgré ma gaffe monumentale, de me pardonner un jour.

Puis, l'un des fantômes qui me hantent depuis si longtemps surgit devant moi. Je reconnaîtrais cette stature n'importe où. Les épaules bien découpées, la taille fine, la queue de cheval… Je suis tellement excitée par sa présence que j'en oublie presque le fait que Shey n'est pas seul. Quelqu'un est à ses côtés, très, très près, un doigt négligemment accroché à sa ceinture. Cette constatation me calme. Ne nous énervons pas. Il n'est pas seul, donc il n'est pas question de me manifester. Mon cœur bat à toute allure, j'ai chaud et les mains moites. Pourvu qu'il ne me voie pas !

Le couple — c'en est définitivement un — continue de marcher, inconscient de ma présence et de l'émoi que Shey provoque toujours en moi. Puis, ce dernier ralentit et dépose un petit baiser sur la tête de la personne qui l'accompagne... et ce n'est qu'à ce moment-là que je comprends qu'il ne s'agit pas d'une femme, mais d'un homme. C'est le profil de ce dernier qui me fait tressaillir. Et là, je m'arrête net. Les cheveux sont plus longs, le style vestimentaire bien différent... Il est méconnaissable. Shey n'a pas du tout changé. Mais Nathan, lui, complètement.

Baby blues

Un record! Pas un son ne s'est fait entendre dans ces murs depuis plus de deux heures. Aucun gémissement, ni plainte, ni vagissement, rien du tout. Ce silence est si extraordinaire… Il y a un tas de choses que je considérais comme acquises, auparavant, comme ce silence divin, et que je vois aujourd'hui d'un tout autre œil. Ces petites merveilles, somme toute si anodines, ont accédé au rang de fantasmes inaccessibles : une soirée tranquille à la maison, à lire un bon roman; décider, à la dernière minute, de m'offrir quelques jours à la campagne; pouvoir partir, comme ça, pour aller voir un bon film au cinéma; dormir douze heures d'affilée, surtout le matin; passer la nuit à faire l'amour… enfin, ces jours-ci, quelques minutes de cette dernière activité seraient déjà un exploit!

Les jumeaux ont maintenant six mois. Ah! que je les aime! Ces adorables poupons trouvent toujours le moyen de me faire sourire, peu importe mon état de fatigue ou de déprime. Car, oui, je suis fatiguée et déprimée. Je les ai voulus, désirés, et j'ai tout fait pour les avoir, ces enfants. J'ai même laissé un homme que j'aimais pour en trouver un autre qui accepterait — ou, du moins, ne s'objecterait pas — à me faire un enfant. *Un* enfant.

Le hasard et les mystères de la génétique ont décrété que j'en aurais deux, et c'est là que certains de mes plans ont changé. Je ne m'attendais pas, bien entendu, à ce que chaque jour soit une partie de plaisir. Je savais dans quelle aventure je me lançais, mais parfois, je dois dire que ça devient un véritable cauchemar. Certains jours sont pires que d'autres, bien sûr, mais ceux-là sont, malheureusement, de plus en plus nombreux.

Les jumeaux franchissent toutes les étapes à peu près en même temps. Depuis quelque temps, ce sont les poussées dentaires de nos petits chéris qui nous tiennent éveillés toute la nuit. Avant cela, nous avons eu droit à toute la panoplie des malaises qui s'abattent sur les enfants. La varicelle sévissait par exemple il y a à peine trois semaines. On m'avait bien dit qu'ils pouvaient l'attraper même s'ils avaient été vaccinés, et ils en ont eu une version atténuée, mais ça s'est quand même avéré pénible. Auparavant, il y avait eu la gastroentérite, des fièvres inexpliquées, les nez bouchés et tant d'autres situations agaçantes que j'ai cessé de les répertorier. Rien qui me permette toutefois d'oublier les coliques qui nous ont tous exténués au cours de leurs trois premiers mois de vie, ou encore leur faim insatiable. Quand les deux pleuraient invariablement en même temps, exigeant ensemble qu'on change leur couche, qu'on les nourrisse ou qu'on les cajole, Louis et moi versions des larmes de désarroi.

Néanmoins, il ne faut pas se méprendre sur mes sentiments. Pour rien au monde, je ne changerais quoi que ce soit à tout ce que nous avons vécu depuis leur naissance. Bien que difficiles, ces six mois ont aussi été les plus exaltants de ma vie. L'amour que je ressens pour Amélie et Thierry est immense, démesuré, farouche, incroyable, presque ridicule. Je peux passer des heures à les regarder grandir — ce qu'ils font à une vitesse affolante! —, et je ne cesse de m'émerveiller devant leurs moindres exploits.

Si seulement je ne me sentais pas si moche et n'avais pas l'impression d'être passée de l'état de femme à celui de réfrigérateur ambulant, tout irait pour le mieux. En d'autres mots, si je me sentais assez désirable et que nous trouvions le temps et l'énergie, Louis et moi, de faire l'amour de temps en temps, mon bonheur serait total.

Qu'est-ce que je donnerais pour retrouver la passion que nous partagions si allègrement chaque fois que l'occasion se présentait il y a encore un an! Louis et moi étions toujours en train de faire l'amour, à tout moment de la journée, peu importaient l'endroit et la circonstance. Ah! nous avions vraiment une vie sexuelle merveilleuse jusqu'à la naissance des fruits de notre amour. Au fil de ma grossesse, nos retraites au chalet étaient devenues de plus en plus enivrantes. Nous y allions tous les deux pour y vivre quelques jours de paix et de tranquillité parsemés de plaisir et de jouissance bénéfiques. Louis préparait une bonne flambée dans l'âtre, et une fois la pièce baignant dans une douce chaleur, nous nous étendions, nus et amoureux, sur une épaisse fourrure. Mon amant prenait plaisir, lorsqu'une certaine rondeur était apparue sur mon ventre, à le caresser tendrement. Son regard, alors, reflétait une joie profonde mêlée à un désir intense. Il m'embrassait longuement, laissant courir sa langue sur mon corps entier, s'attardant sur mes seins gonflés. Il me faisait jouir lentement, dans un long et délicieux supplice, en caressant de sa main chaude mon sexe qui n'en pouvait déjà plus. Puis, il écartait davantage mes jambes et mordillait mes cuisses et la douce chair offerte. Il me léchait et me suçait ensuite, s'amusant à glisser un doigt en moi et me fouillant si doucement qu'on aurait dit un chatouillement. Un deuxième doigt rejoignait enfin le premier, tandis que le pouce de son autre main, bien appuyée sur mon ventre, palpait et tapotait la chair la plus tendre. Ces trois doigts, immobiles à l'intérieur de mon corps, déployaient mon sexe entier, tandis que la bouche de Louis me léchait davantage, mêlant sa salive au chaud liquide qui émanait de moi. Quand il me sentait prête à abdiquer, il me caressait du pouce plus intensément, plus durement aussi, jusqu'à ce que les muscles de mon sexe, palpitant sous ses doigts, lui indiquent que j'étais en proie à un orgasme. Il adorait sentir la montée de mon plaisir, léchant ma jouissance sur ses doigts luisants.

Enfin, il me pénétrait doucement et tendrement, soucieux de mon bien-être. Mais à ce niveau d'excitation, j'aurais été incapable de ressentir quelque inconfort que ce soit ! Je l'aspirais enfin au plus profond de mon corps, admirant sa peau et le reflet du feu dans ses yeux magnifiques. Ses cheveux bouclés tressautaient autour de son visage au rythme de sa danse en moi, et nos corps, bouillants et ruisselants, s'unissaient pour se fondre l'un dans l'autre, se berçant avec une intimité et une complicité formidables. C'était le bon temps !

Pour en revenir à Louis et à son rôle de père, il accomplit sa tâche à merveille. Il a pris tout le congé auquel il avait droit à la naissance des jumeaux, et même depuis qu'il est retourné travailler, il change d'innombrables couches, donne le bain à Amélie tandis que je m'occupe de Thierry. C'est souvent lui qui les met au lit pour la nuit — la nuit ! La bonne blague ! —, et il m'aide à les nourrir. J'apprécie énormément tout ce qu'il fait. Je me rends compte aujourd'hui que si j'avais été seule avec ces poupons depuis leur naissance, j'y aurais probablement laissé mon équilibre mental. Quel homme merveilleux!

Mais il y a un problème, un ombrage à notre amour l'un pour l'autre: nous n'avons pas encore eu une seule relation sexuelle depuis l'arrivée des jumeaux. Chaque fois que nous planifions de nous retrouver en tête à tête, les petits au lit, il faut que l'un d'eux se réveille, tirant l'autre du sommeil, et il se passe parfois une heure ou plus avant que le calme ne revienne. À ce moment-là, notre désir mutuel se transforme en une fatigue irrépressible; c'est typique. J'ai même l'impression que nos chers anges devinent nos intentions, car ils choisissent toujours le moment le plus inopportun pour nous rappeler qu'ils existent. Nous avons dû essayer de faire l'amour une bonne demi-douzaine de fois, mais au moment où nous étions tous deux prêts à passer aux choses sérieuses, le son de notre respiration haletante a toujours été enterré par un «Oooouuuuiiiiinnnn» retentissant, suivi de très près par un deuxième.

Bien sûr, le premier mois s'est écoulé sans que nous réalisions quoi que ce soit. Au cours du deuxième, j'étais si exténuée que lorsque j'avais un répit — aussi bref fût-il —, je me hâtais de me mettre au lit, seule, pour me reposer un peu; le sommeil ne tardait évidemment pas à venir. Louis n'insistait pas ni ne tentait alors jamais de me séduire. Toutefois, par la suite, c'est lui qui s'est épuisé. Il rentrait du travail, préparait à manger, m'aidait à donner les bains, à changer les couches, à mettre les pyjamas et tout le reste. Une fois les enfants couchés, il se réfugiait dans la chambre. Quand je l'y rejoignais à peine quelques minutes plus tard, il ronflait déjà.

Comme il me manque! Je ne peux néanmoins me

résoudre à briser la glace, car j'ai peur d'essuyer un refus. Je ne me suis jamais sentie si peu attirante, et je comprendrais qu'il n'ait pas envie de moi. Je suis en effet cernée, blême, et mon corps s'est transformé et me semble fort peu attrayant. De plus, je suis terrorisée à l'idée que le plaisir que nous partagions en faisant l'amour ne soit plus aussi présent qu'avant. Et si je ne lui plaisais plus autant? Et si mon corps ne réagissait plus à ses caresses comme avant? Et si je ne réussissais plus à l'exciter? Et si, et si?

Pourtant, lorsque je repense à tous les souvenirs fantastiques liés aux bons moments que nous avons passés ensemble, je deviens toute moite… Lorsqu'un simple regard lui faisait comprendre que j'étais en proie à un désir urgent, ou lorsqu'il caressait ma cuisse d'une manière bien particulière, m'indiquant qu'il souhaitait que nous nous retrouvions seuls un moment, où que nous soyons. J'adorais sentir le sexe de Louis s'engloutir de plus en plus profondément en moi, se faufiler posément jusqu'au tréfonds de mon sexe humide, le combler de sa chaleur et de son impatience. Louis m'a déjà fait l'amour dans des endroits inusités, à des moments où je m'y attendais le moins, comme cette fois, par exemple, au théâtre… Pendant l'entracte, nous avions repéré la pièce vide. Louis m'y avait entraînée subtilement, s'assurant que personne ne nous avait remarqués. J'avais refermé la porte, et il s'était glissé derrière moi, caressant mes seins en écartant la large encolure de la robe que je portais ce soir-là. Me mordillant le cou et la nuque, pétrissant toujours ma poitrine déjà gonflée par la grossesse, il avait faufilé un genou entre mes jambes pour les écarter. Puis, il avait remonté la robe sur mes reins et retiré ma culotte, exposant mes fesses à la noirceur ambiante avant de glisser une main brûlante entre mes cuisses. Il m'avait palpée, étirée, frottée tant et si bien que j'avais joui immédiatement, les coudes appuyés contre la porte de la loge. Il avait alors défait son pantalon et m'avait pénétrée rudement, ne prenant pas la peine de ménager mon sexe ruisselant, et m'avait fait l'amour rapidement, avec une intensité jamais égalée. Quand nous étions ressortis de la loge, l'un après l'autre, nous avions le rose aux joues et le regard brillant.

Dans ma tête, nos corps se complètent toujours à merveille, quelle que soit la position que nous choisissons, quel que soit l'endroit. Qu'il plane au-dessus de moi et que j'élève les jambes pour encercler son cou, ou que je prenne place sur ses cuisses pour me glisser sur lui, il n'y a que sa verge qui sache combler chaque parcelle de mon corps. Il sait atteindre mes parties les plus sensibles, les exploiter, les tirailler, les exciter… Bref, chaque fois que je fais l'amour avec lui, tout me confirme à quel point je souhaite passer le reste de ma vie à ses côtés. Je donnerais tant pour savoir s'il en va toujours de même pour lui !

Après l'accouchement, je croyais qu'il s'abstenait de me faire l'amour par respect. Il savait effectivement que j'étais fatiguée et tentait de me ménager le plus possible. Cependant, je me suis peut-être méprise sur ses raisons. Ai-je changé à ses yeux ? Peut-être me voit-il et m'apprécie-t-il comme mère pour ses enfants, mais plus comme maîtresse ? Une chose est certaine : nous ne pouvons plus continuer de la sorte. J'ai envie de lui chaque jour, depuis la deuxième semaine suivant l'accouchement. Faire l'amour était alors impossible à envisager, mais ça ne l'est plus aujourd'hui. J'ignore toutefois comment retrouver cette complicité, cette passion.

Peut-être devrais-je commencer par me rendre plus désirable? Pour lui autant que pour moi… Mais chaque fois que j'ai l'intention de faire les premiers pas, le courage me manque. Je me sens mal dans ma peau, maladroite, incertaine. Mon apparence est plutôt négligée, mais je peine à m'habiller de façon plus coquette et à me maquiller un peu. Quand suis-je allée magasiner pour la dernière fois? La seule pensée de sortir de cette maison, en traînant avec moi l'énorme poussette double, les couches, les débarbouillettes, les vêtements de rechange, les biberons et tout le reste me décourage. Je dois pourtant me reprendre en main et sortir de ma torpeur.

• • •

Ça y est! Les enfants sont en sécurité chez une gardienne, et je suis seule… Haletant devant les choix illimités que m'offre cette journée, j'opte pour un peu de lèche-vitrines et me dirige vers la ville. Il fait beau, c'est le printemps et j'ai le cœur à la fête. Je n'avais jamais réalisé à quel point le simple fait de déambuler lentement dans une rue pleine de boutiques plus attirantes les unes que les autres pouvait être agréable! Dans une boutique de lingerie, je me décide finalement à essayer quelques vêtements suggestifs qui pourraient plaire à Louis. Je n'aime pas beaucoup l'image que me renvoie la glace, mais me force quand même à acheter quelque chose. Voilà un pas de fait dans la bonne direction!

La faim me tenaille bientôt, et je m'arrête à un petit bistro, m'installe confortablement à une table et consulte lentement le menu. Du coin de l'œil, je vois le serveur approcher.

— Bonjour! Vous avez fait votre choix?

Un immense sourire éclaire son visage, et il me faut quelques minutes pour le reconnaître. Cette voix me semble familière, surtout lorsqu'elle prononce par la suite mon prénom :

— Caroline ? Comment vas-tu ? Dis donc, ça fait une éternité !

Je n'en crois pas mes yeux. Gabriel ! Il habitait la maison voisine de la mienne, alors qu'il était adolescent et que j'étais une jeune femme déjà pleine d'expérience dans la mi-vingtaine. C'était il y a si longtemps... Nous avions passé plusieurs soirées à refaire le monde, et j'encourageais son bel idéalisme. Toutefois, il n'a plus la gaucherie maladive ni les boutons disgracieux qui le caractérisaient. Ce serait même plutôt le contraire ! Le Gabriel d'aujourd'hui a plutôt l'air d'un jeune dieu. En une fraction de seconde, je calcule que comme il est mon cadet d'une dizaine d'années, il doit avoir près de vingt-trois ans. Je lui souris aussi chaleureusement que possible, malgré le choc.

— Gabriel ! Eh bien, dis donc, j'aurais besoin d'une échelle pour t'embrasser...

Il se penche vers moi et m'embrasse affectueusement sur les joues. J'apprends qu'il a ouvert ce petit bistro avec un copain, Yannick, grâce à l'héritage que lui a laissé son père. Les affaires marchent assez bien, il est heureux et, selon ses dires, terriblement content de me voir. Son monologue m'a permis de l'examiner et d'analyser les changements survenus chez lui ces dernières années. Tout d'abord, il est très grand, mais je m'y attendais, puisqu'il l'était déjà à seize ans. Toutefois, sa stature est impressionnante, contrastant avec sa maigreur d'antan. Et il est magnifique : un sourire éclatant et d'une spontanéité attendrissante, de grands yeux bruns expressifs, les membres proportionnés et solides, la taille étroite et souple, les jambes si longues… Mais c'est avant tout sa voix qui me fascine. Muait-il quand je l'avais vu pour la dernière fois? Ce souvenir m'échappe, et je ne suis pas certaine que j'aurais fait très attention à ce détail à l'époque. Cependant, aujourd'hui, avec son allure de sportif, ce corps splendide et ce visage adorable, sa voix chaude et grave ne fait qu'ajouter à son charme. Il n'arrête pas de sourire; moi non plus, d'ailleurs. Puis, il me demande s'il peut se joindre à moi.

— Yannick se débrouillera bien sans moi! Qu'est-ce que tu veux manger?

J'ai à peine le temps de balbutier quelques mots que déjà, il se lève, pour réapparaître peu après et s'asseoir devant moi. Nous parlons du passé et de ce qu'il est advenu de nos vies. Puis, un autre jeune homme nous rejoint, une assiette appétissante dans les mains à mon intention. Gabriel le retient:

— Yannick! Reste. Il faut que je te présente Caroline, une vieille connaissance.

— Ah! enfin! J'ai beaucoup entendu parler de toi. Ça me fait vraiment plaisir de pouvoir mettre un aussi joli visage sur ce prénom avec lequel Gabriel me casse les oreilles depuis tant d'années!

Mon ami est tout rouge, c'est attendrissant. Je me doutais bien qu'il avait été un peu amoureux de moi à l'époque, et les paroles de Yannick, en plus de confirmer ce doute, me flattent. De nouveau seuls, nous reprenons notre conversation. Gabriel est épatant. Il est enjoué, sincère, drôle et possède un rire contagieux. Il finit par me dire:

— Tu sais, Caroline, tu as toujours été spéciale pour moi. J'étais amoureux de toi, à seize ans. Je ne t'en aurais jamais glissé un mot, bien sûr! Je suis tellement content de te revoir. Tu seras à jamais quelqu'un d'exceptionnel à mes yeux… et tu es toujours aussi belle!

Là, je crois qu'il exagère. Néanmoins, le plaisir que me procure ce compliment me fait tellement de bien que je joue le jeu. Je le remercie sincèrement, lui avoue qu'il a toujours été et demeurera spécial pour moi aussi, et nous finissons par nous quitter en nous promettant de nous revoir très bientôt.

Je retourne, à la fin de cette journée merveilleuse, chercher mes poupons. Ils m'ont manqué, bien sûr, mais je me sens enfin revivre. Je réalise tout à coup que l'univers n'a pas changé, et que c'est seulement moi qui n'en faisais plus partie. Je devrais me payer ce genre de sortie plus souvent!

Ce regain de vie me permet d'envisager de séduire Louis le soir même. Je suis heureuse, les compliments de Gabriel et Yannick m'ont été bénéfiques et me font sentir belle. Incroyable, ce que des mots flatteurs peuvent accomplir, surtout quand ils viennent de beaux jeunes hommes qui jouissent sans doute de conquêtes illimitées, plus jeunes et plus minces que moi en plus! Avec un peu de coopération de la part de mes petits trésors, je me permets même d'espérer que nous pourrons peut-être, Louis et moi, reprendre certaines choses où nous les avions laissées, plus de neuf mois auparavant. Qui sait?

• • •

Louis n'est pas d'humeur à faire la fête. Dure journée au travail, paraît-il. Je suis déçue, amère, triste. Je n'ai même pas eu la chance de lui montrer ma bonne humeur ou de parader dans ma nouvelle tenue. Il est parti se coucher sitôt les enfants endormis. Je ne peux m'empêcher de repenser à Gabriel. Peut-être l'apprécierait-il, lui, mon désir. Peut-être serait-il excité, lui, à l'idée de disposer de mon corps comme bon lui semblerait. Et là, je visualise le beau jeune homme nu dans mon lit. Cette image me semble vaguement interdite, mais après tout, il s'agit d'un être absolument désirable. J'essaie d'imaginer la sensation que j'éprouverais à me glisser le long de son corps, ses grands bras m'emprisonnant et sa bouche sublime m'embrassant fougueusement. Je le sens qui effleure mes seins, les pétrit, les lèche, les mord. Il caresse mes cuisses de sa large main, les écarte impatiemment. Son poids m'écrase, il me retient les poignets au-dessus de la tête. Puis, il se fraie un passage en moi, ondulant doucement, et j'enroule mes jambes autour de sa taille. Il me pénètre alors lentement, comme pour reprendre toutes les années perdues, et un plaisir diffus émane de mon corps. D'un coup de hanches, je me retourne, les bras toujours retenus, et le supplie d'entrer en moi par l'arrière. Il m'obéit, et sa verge immense m'emplit. Il saisit mes hanches et m'embrasse le dos, les épaules, caresse mes seins à pleines mains. Je jouis en même temps que lui et, maintenant seule dans mon lit, la main humide et bien calée entre les cuisses, je pense à Louis et me demande ce que je dois faire.

• • •

Quelques jours plus tard, après avoir passé une journée d'enfer avec mes deux petits diables hurlants et déchaînés, Louis m'apprend qu'il ne rentrera qu'à la fin de la soirée.

Incapable de faire face seule à un autre repas, à deux bains et à la bataille du dodo, je demande à une voisine de venir à la maison pour prendre soin d'Amélie et de Thierry pendant quelques heures. Elle n'avait qu'à ne pas le proposer aussi souvent! Elle accepte tout de suite… Mon soulagement est immense.

Enfin libre, je marche sans but précis, tentant de découvrir ce que j'ai envie de manger. Mes pas me transportent, sans que je m'en rende vraiment compte, jusqu'au bistro de Gabriel et Yannick. Devant ma mine déconfite, Gabriel m'offre un verre, que j'accepte avec plaisir. Cette boisson est délicieuse et je l'avale d'un trait. Une autre la suit peu après. Je me sens mieux. Ce soir, je m'offre quelque chose de bien, un bon repas en bonne compagnie, et je suis heureuse de voir que Gabriel pourra se joindre à moi. Il apporte une bouteille de vin que nous dégustons en silence, les yeux dans les yeux.

— Caroline, qu'est-ce qui ne va pas?

Confuse, je n'ose pas commencer une conversation qui risque d'être ennuyeuse pour lui. Je suis troublée par le désir qu'il suscite en moi, mais ne m'en sens pas menacée, seulement réconfortée. Ma main entre les siennes, il me regarde attentivement:

— Je suis incapable de te voir malheureuse. Allons, prends encore un peu de vin.

— Je ne suis pas malheureuse, loin de là. C'est simplement que…

Je lui raconte finalement que Louis et moi n'avons pas fait l'amour depuis plus de neuf mois et que je ne sais plus très bien où j'en suis. Abasourdi, il traite mon compagnon d'imbécile, ajoutant que ce dernier n'apprécie pas sa chance d'avoir une femme telle que moi qui l'aime et le désire. Il renchérit en disant qu'il donnerait n'importe quoi pour être à sa place. Dieu qu'il me fait sentir féminine, séduisante! Il ne cesse de me dire que je suis belle, attirante, qu'il m'a toujours désirée. Je m'avoue finalement que je le désire aussi, même si ce genre d'écart est absolument hors de question. Au fond, ce fantasme ne fait pas de mal à personne, et je sais très bien que je le transférerai sur Louis dès que j'en aurai la chance. Mais au moins, je constate que ma libido n'est pas complètement à plat! Je lui rends son sourire, ravageur s'il en est, et il semble comprendre exactement ce que je ressens. Nous continuons à parler de tout et de rien, de sexe et de caresses. Je suis bien, maintenant, heureuse et presque épanouie. Curieusement, cette conversation n'est pas lourde ni déplacée. Je crois que nous réalisons tous deux que nous ne vivrons jamais ce que nous imaginons, et que c'est précisément ce qui rend tout cela si excitant.

Nous avons terminé la bouteille de vin et je suis un peu saoule. J'ai peine à croire les images lubriques qui me traversent l'esprit. Je lui ferais de ces choses, à ce jeune homme-là! Et je lis dans ses yeux étincelants qu'il a probablement les mêmes pensées que moi. Il est temps de partir. La marche jusque chez moi me fera sans doute le plus grand bien et calmera mes ardeurs… Du moins, je l'espère. Gabriel me raccompagne jusqu'à l'entrée du bistro, m'aide à enfiler ma veste. Mais au lieu des baisers inoffensifs qu'il avait déposés l'autre soir sur mes joues, il m'embrasse fougueusement sur la bouche, forçant sa langue près de la mienne, frottant sa queue durcie contre ma hanche. Comment résister? J'en suis incapable. Aussi, lui rends-je son baiser, accentuant la pression sur son entrejambe.

— Je suis con de te laisser partir comme ça. Est-ce que...

— Chut! Ne dis rien, rien du tout.

L'embrassant à nouveau, je me sauve avant de voir ma volonté faiblir.

Je suis passablement sobre en arrivant chez moi, mais loin d'être calmée. Après avoir fredonné une berceuse à mes petits amours, je les serre tout contre moi et les couche l'un après l'autre. C'est vendredi, aujourd'hui, et Louis ne travaille pas demain. S'il ne rentre pas trop tard, peut-être pourrai-je profiter de l'état dans lequel Gabriel m'a mise et le prendre d'assaut, qui sait? Cette pensée en tête, je m'installe confortablement dans notre lit.

Nous avons connu tellement de nuits de bonheur entre ces draps! Je tente de m'accrocher à ces souvenirs, mais la fatigue et le vin bu plus tôt me gagnent. Je m'endors rapidement, sombrant dans un sommeil profond peuplé de rêves.

Dans mon dernier songe, je suis avec Gabriel et nous nous embrassons avec ardeur comme pour transmettre, par le biais de nos seules lèvres, le désir qui nous chavire. Chaque fois que nos regards se croisent, je sens mon sexe palpiter, mon ventre l'appeler. Il m'entraîne vers la sortie, fait démarrer sa moto, me tend un casque, puis nous filons à toute allure. Je m'accroche à lui, écrase ma poitrine contre son dos, glissant mes mains entre ses jambes. Sa verge bandée est dure comme de l'acier. Nous sortons de la ville et je n'ai pas la moindre idée de l'endroit où nous allons. Mais plus rien ne compte. Nous empruntons une route sinueuse et, grisée par la vitesse, je le caresse avec insistance. Puis, le reflet d'un lac se dessine devant notre engin, qui quitte la route pour suivre un chemin étroit.

Gabriel m'aide bientôt à descendre de moto et me guide vers une petite clairière, au bord d'un lac. Les étoiles brillent, la nuit et l'herbe sont fraîches et douces. Le jeune homme m'appuie de dos contre un arbre. Il est si grand ! Son corps s'écrase contre le mien, ses lèvres me mordent le cou, les oreilles, le visage. Il m'embrasse et je sens mon ventre fondre de désir. Ma culotte est déjà trempée et son membre, à l'étroit dans son pantalon ajusté, est impatient. Je l'en libère et m'accroupis devant lui. Je le désire tant que, lorsque je le glisse dans ma bouche, mon ventre se contracte de convoitise. Je l'engouffre entièrement, léchant et aspirant de tout mon cœur. Mes mains s'emparent de ses fesses, fermes et rondes, les écartant doucement. Je passe la main sous ma jupe et insinue un doigt le long de la fente humide de mon sexe. Ce même doigt, maintenant onctueux, fouille les fesses de mon nouvel amant, qui soupire en le sentant glisser en lui. Je l'enfonce ensuite très doucement, agaçant et triturant sa chair, et ma bouche use de tout son savoir-faire sur un Gabriel haletant. Il montre des signes d'impatience. Me soulevant par les bras, il me relève et me hisse plus haut, m'appuyant toujours fermement contre l'arbre. Puis, je me laisse redescendre, les jambes bien ancrées autour de sa taille, sur sa queue maintenant immense, les bras solidement accrochés à une branche au-dessus de ma tête. Je ne peux retenir un cri de bonheur. Je reste là, empalée, et jouis sans la moindre caresse supplémentaire. Les mains de Gabriel empoignent mes fesses et me soulèvent encore, me laissant retomber sur son sexe qui me perce davantage. Il répète le même manège, jusqu'à ce notre rythme devienne effréné. L'écorce m'écorche le dos et les fesses. Je gémis, et Gabriel me fait lâcher la branche pour me prendre dans ses bras. Il me transporte alors jusqu'à sa moto, sur laquelle je m'appuie lascivement, admirant mon amant et le lac immobile. L'odeur du cuir et de l'essence envahit mes narines, alors que Gabriel emplit mon corps. Je le crois sur le point de jouir, mais à ma grande surprise, il s'arrête et se retire. Me soulevant de nouveau, il me couche sur la selle de la moto. Ses doigts agiles déboutonnent ma blouse et défont mon soutien-gorge. Mon corps est exposé aux rayons de la lune et à la brise fraîche. Afin de me réchauffer, Gabriel embrasse mes seins et mon ventre, tout en caressant mon sexe palpitant. Son toucher est merveilleux. Merveilleux parce que différent ? Il n'a certes pas la dextérité de Louis en la matière, mais son impatience et son impétuosité compensent largement son manque d'expérience. Un doigt s'insère, puis un autre, et un troisième. Gabriel souffle sur mon sexe exposé, avant d'y déposer les lèvres, l'embrassant et le léchant avec application. Puis, après m'avoir relevé les genoux, il enjambe la moto et s'installe devant moi, glissant une nouvelle fois mes jambes autour de sa taille. Sa queue luit sous les étoiles un moment, avant de s'engouffrer dans la chaleur de mon sexe. Il me fait alors l'amour tendrement, lentement, et me soulève doucement, me permettant de glisser les bras autour de ses larges épaules et de m'asseoir sur lui. Je le monte ainsi avec bonheur, et il me semble que sa queue a encore grossi, qu'elle m'emplit davantage. Je ne peux empêcher ma main de me caresser, merveilleux complément à son membre magnifique. Sur le point de jouir, j'accélère la cadence. Puis, tout se met à aller très vite. Gabriel m'empoigne à nouveau sous les fesses et me pénètre de plus en plus intensément. Je n'ai plus besoin de me caresser, ma friction contre son corps me fait jouir plusieurs fois sans interruption. Quand il explose enfin en moi, je m'écroule dans ses bras, heureuse et comblée.

C'est ce moment-là que Thierry choisit pour hurler à m'en glacer le sang, et je me réveille brutalement, le cœur battant la chamade. Avant même de me rendre jusqu'à la chambre des petits, je remercie intérieurement mon fils de ne pas avoir hurlé quelques instants plus tôt… et aussitôt, Amélie se joint à lui dans une plainte tonitruante. Puis, je vois l'heure: deux heures du matin. Louis n'est toujours pas rentré.

• • •

Il est près de trois heures trente quand le calme revient. Je doute, cependant, de me rendormir de sitôt. Où est Louis? L'inquiétude me gagne. Comme toujours, lorsqu'il tarde, je m'imagine sa voiture enroulée autour d'un poteau et son corps blessé, gisant sans secours. Aussitôt, la culpabilité m'assaille. En principe, je n'ai rien à me reprocher. Ma conduite envers Gabriel a été irréprochable en dehors d'un baiser volé et de quelques rêves, et je ne peux tout de même pas les contrôler! N'empêche que ce dernier baiser, au bistro, n'avait rien d'innocent. Je sais que ces pensées sont totalement déraisonnables, mais je ne peux les réprimer. Ce que je viens de vivre dans mon sommeil avec Gabriel était si intense, si passionné, si merveilleux… aussi fabuleux que les nuits passées avec Louis, auparavant. Je me sens affreusement mal. Je dois faire quelque chose, et très bientôt, sinon Louis et moi nous éloignerons inexorablement l'un de l'autre.

La porte d'entrée vient de s'ouvrir; Louis se hâte vers la chambre. Voyant que je suis éveillée, il se précipite dans mes bras. Il pleure, il sent l'alcool. Sa tête est chaude. Il m'embrasse dans le cou, s'accroche à moi, me murmure qu'il m'aime. Il me supplie de ne pas le détester et m'explique qu'en raison de notre éloignement, qu'il ressentait aussi cruellement que moi, il avait eu besoin de se retrouver un peu seul. Il était allé dans un bar et s'était saoulé en réfléchissant à notre problème. Une femme avait tenté de le consoler — une très belle femme, selon ses dires —, et cette seule constatation qu'il était désirable lui avait fait du bien.

Comment lui en vouloir? S'il savait que la même chose m'était arrivée avec Gabriel! Je le serre contre moi, lui disant que je l'aime plus que jamais, que tout ce dont nous avons besoin est d'un peu de temps seulement pour nous. Il me regarde de ses si beaux yeux, malgré leur rougeur du moment, et m'embrasse passionnément. En ressentant la fougue de ce baiser, je sens mon corps réagir et s'ouvrir entièrement à lui. Soudain, plus rien ne nous sépare, et je serais prête à parier que les petits nous laisseront tranquilles, cette fois-ci.

Louis réagit aussi, et son sexe brandi semble vouloir percer son pantalon. Nous nous déshabillons mutuellement à la vitesse de l'éclair et nous retrouvons enfin, nus et ensemble, vibrant d'un désir des plus ardents. Louis est déchaîné, je ne le reconnais plus. Il m'écrase sous lui, m'embrasse presque avec violence, sa barbe m'égratigne le visage. Il me broie littéralement, bloquant mes mouvements, privant mon corps de sa mobilité. L'impétuosité de son désir me rassure, m'enchante, m'excite, et nous nous retrouvons bientôt ancrés l'un à l'autre, le sexe de Louis profondément enfoui dans mon ventre. La sensation est indescriptible.

Soudainement, Louis se calme. Comme s'il arrivait à la fin d'une recherche épuisante, il s'apaise, m'embrasse amoureusement et s'insinue dans mon corps avec davantage de douceur. Je ne sais comment décrire le plaisir et le bonheur qui m'envahissent tout autant que sa queue, cette queue qui me manquait tant! Ses gestes sont maintenant langoureux, attentionnés, pleins de tendresse. Il m'embrasse la gorge, les paupières, les lèvres, le front, lèche délicieusement mes épaules et mes seins. Ses mains me chatouillent les aisselles, les côtes, emmêlent mes cheveux… Mais tout cela ne dure qu'un instant. Déjà, il se raidit, s'éloigne un peu de moi pour me laisser déposer mes jambes sur ses épaules. Sachant que cette position le fera jouir très vite, je tente de me relever. Toutefois, il me repousse, laissant mon corps retomber contre les oreillers, et il s'enfonce en moi avec véhémence, ses hanches cognant contre mes fesses avec de plus en plus d'ardeur.

Mettant fin à mes espoirs, c'est cet instant que choisit Amélie pour s'éveiller de nouveau, son cri perçant tirant Thierry d'un sommeil profond. Louis ralentit à peine. Il fait la sourde oreille et m'interroge du regard, mais je demeure impassible. Oserons-nous les laisser pleurer un moment? Quelques secondes passent, et les cris des jumeaux prennent davantage d'ampleur. Louis accélère, m'attirant contre lui avec plus de force chaque fois, puis il finit par se répandre en moi. Il m'étreint à peine un instant et me quitte, allant veiller au bien-être de nos enfants.

Déçue de la tournure des événements, qui semblaient pourtant prometteurs, je suis quand même heureuse de voir que la passion est toujours bien vivante entre nous. Une nuit, une seule nuit d'amour et de tranquillité saura tout arranger. Bien que bref, cet épisode m'a redonné l'espoir que notre couple surmontera cette période mouvementée et que nous en sortirons plus unis que jamais.

Cette perspective me soulage et me rend si heureuse que je m'endors sans même offrir mon aide à Louis.

• • •

Nous avons commencé à tout planifier dès le lendemain. Ce sera notre première escapade amoureuse en six mois. Nous passerons probablement ces deux jours à nous inquiéter pour nos enfants et à nous demander si tout va bien avec la voisine, qui a accepté avec plaisir de les garder durant notre absence, mais peu importe. Louis s'occupe de la réservation d'hôtel. Il a été convenu que nous partirions le jour de mon anniversaire pour un lieu que Louis garde secret jusqu'à notre arrivée. Cela me laisse amplement le temps de me consacrer aux préparatifs. Il m'a seulement dit que je raffolerais de l'endroit: très champêtre, sans aucune attraction touristique ni autre distraction. Notre emploi du temps? Faire l'amour jusqu'à épuisement total, et ensuite, dormir jusqu'à ce que nous ayons encore envie de faire l'amour. Voilà qui me plaît!

Je suis complètement exaltée par la promesse de cette escapade. Rien ne viendra gâcher ces quelques jours de réclusion. Pas de pleurs, ni de couches à changer, ni de biberons à préparer, ni de téléphone obligeant Louis à travailler le soir. Chaque journée d'attente avant le départ est une véritable torture. Je ne cesse de penser à Louis, à tout le plaisir que je lui procurerai et qu'il ne manquera pas de me rendre. Moite de désir pour lui, j'imagine un lit aux draps défaits, nos deux corps voguant au rythme de notre jouissance. Chaque fois que je le vois en train de se raser, de s'habiller, ou même lorsqu'il vient de mettre les petits au lit, je n'ai qu'une envie: lui arracher son pantalon et plonger son membre en moi. Je veux le rendre fou de plaisir, le subjuguer, le faire hurler de désir. J'ai de la peine à me retenir de le plaquer contre un mur ou sur la table de la salle à manger, puis de rentrer son membre jusqu'au fond de mon ventre, bondissant sur lui avec toute la fougue et la passion que je possède.

J'en suis tellement obsédée que j'ai du mal à dormir. Il reste trois nuits avant le matin de notre départ et je suis seule dans mon lit, espérant voir arriver Louis, qui travaille encore tard. Peu importe, il ne perd rien pour attendre!

L'avant-dernière nuit, je suis frénétique. Je vérifie que j'ai bien pensé à tout, prévu toute éventualité. Je me démène comme une lionne en cage, à tel point que j'en ai mal à la tête et me sens fiévreuse. La dernière nuit est la pire de toutes. Je tourne et me retourne dans le lit, n'arrivant pas à trouver une position confortable pour dormir. Je me croirais presque en train de développer de l'urticaire, tellement j'ai hâte que le lendemain arrive!

Au réveil du grand jour, lorsque j'ouvre les yeux et réalise que c'est aujourd'hui que nous allons enfin pouvoir reprendre le temps perdu, je suis heureuse. Je me sens terriblement séduisante et d'humeur aguicheuse. Je décide que le trajet qui nous sépare de notre retraite ne sera pas de tout repos pour mon amant. Je porterai une robe minuscule, des chaussures à talons hauts, et je lui rendrai la vie dure. Je suis prête à tout... mais pas aux répugnants boutons rouges qui me recouvrent le corps entier et me démangent de façon épouvantable! Mon médecin m'avait pourtant dit que la transmission était peu probable... J'imagine que je suis l'exception qui confirme la règle! Ma mère aurait-elle omis de me dire que je n'avais jamais eu la varicelle?

Un chaud lapin

Frédéric se réveilla en sursaut. Un de ces réveils brutaux, comme lorsqu'un cauchemar nous tenaille et que nous avons l'impression d'y avoir échappé belle : sueurs froides, boule au creux de l'estomac, sensation qu'une catastrophe épouvantable est sur le point — ou vient tout juste — de se produire, cœur qui bat à un rythme effarant, poitrine dans un étau. Bref, un réveil atroce. Frédéric tenta de se relever d'un bond, mais en fut incapable.

« Mais qu'est-ce qui se passe ? » Il remarqua alors le tube émergeant de la surface de sa main et entendit l'horrible « bip, bip » d'une machine à son chevet. Il tenta de comprendre ce qui lui arrivait. Cependant, ses souvenirs émergeaient seulement par bribes floues. Il voyait bien qu'il se trouvait à l'hôpital, mais ne sut pas tout de suite comment ni pourquoi il y était arrivé.

Frédéric fit abstraction de la panique initiale qu'il ressentait et des multiples questions qui assaillaient son esprit, et se rendit bien vite à l'évidence : en dehors de son nom, il ne savait pas grand-chose. Il se rappelait vaguement de cette chambre pour s'y être déjà éveillé — une heure, une journée, une semaine auparavant ? —, et d'avoir vu un médecin l'examiner. Il se souvenait aussi d'avoir tenté d'expliquer à ce même médecin qu'il n'avait que des réminiscences de ce qui lui était arrivé. Celui-ci l'avait alors examiné plus en profondeur, n'avait rien décelé d'anormal et lui avait dit que sa mémoire reviendrait sans doute progressivement. « Vous avez reçu un coup sur la tête… Il faut bien s'attendre, dans ces cas-là, à quelques séquelles. Mais vous êtes jeune, en santé, et je ne crois pas me tromper en vous affirmant que le problème se réglera de lui-même d'ici quelques jours. » Hum! Un coup sur la tête…

Frédéric tenta de se remémorer un détail, ne serait-ce que fugace, de l'accident. Rien. Il ne se souvenait que d'autres paroles du médecin lui apprenant que c'était une voisine qui avait appelé l'ambulance après qu'il soit tombé, chez lui, en bas d'une échelle, vraisemblablement en coupant les branches d'un arbre. Il avait eu de la chance, paraît-il. Pas d'os brisé ni de problème majeur, à l'exception d'une entorse au poignet et d'une amnésie sans doute temporaire. Bien sûr, il était soulagé de ne pas être blessé plus sérieusement et de ne ressentir aucune réelle douleur. Il se plaignait seulement d'un engourdissement au niveau des fesses et de quelques contusions. Son bras droit, immobilisé à cause de l'entorse, ne lui occasionnait pas le moindre élancement, du moins pour le moment. Le gauche, quant à lui, maintenant orné d'un gros pansement, n'était pas souffrant non plus s'il le gardait immobile. Frédéric s'empressa de faire bouger ses jambes pour s'assurer que tout allait toujours bien de ce côté-là aussi et voulut se lever, mais retomba mollement sur son lit, étourdi et plus confus que jamais. Sa vision se brouilla soudain, et il ferma les yeux, tentant de faire passer le vertige qui l'habitait. Et malgré ses multiples interrogations et l'angoisse sourde qui le tenaillaient, il sombra avec gratitude dans un sommeil lourd qui, il en était certain, lui procurerait le temps nécessaire pour obtenir des réponses à toutes ses questions.

• • •

Son second réveil fut ponctué par la voix joviale du médecin, qui ouvrait énergiquement les stores de sa chambre d'hôpital pour laisser pénétrer un soleil de fin d'après-midi. Frédéric s'empressa de chasser les brumes du sommeil de ses yeux, réalisant avant même d'être totalement éveillé que sa mémoire n'était toujours pas revenue. Il savait qu'il s'appelait Frédéric, rien de plus. En revanche, il se portait beaucoup mieux. Après quelques instants, il put se rendre compte que la nausée et le vertige qui l'avaient assailli précédemment s'étaient évanouis. Il avait les sens en alerte, se sentait en assez bonne forme et avait faim. Terriblement faim, même. Il s'éclaircit la gorge et s'adressa au médecin :

— Depuis combien de temps suis-je ici ?

— Eh bien… cela fait maintenant deux jours que vous êtes parmi nous. Vous êtes arrivé lundi en fin d'après-midi, et nous sommes mercredi. Vous avez pratiquement dormi tout le temps… Hier, vous êtes resté éveillé environ une demi-heure, mais c'est tout. Vous vous en souvenez peut-être vaguement ? Nous allons retirer cette intraveineuse, vous n'en aurez plus besoin, et je vais pouvoir vous examiner. Vos bras vous font-ils souffrir ?

— Pas vraiment. Enfin, rien du côté gauche et quelques tiraillements du côté droit quand j'essaie de le bouger, mais c'est tout.

— Très bien. Vous êtes tombé d'assez haut, c'est presque un miracle que vous vous en sortiez avec si peu de dommages ! Bon, maintenant, comment vous appelez-vous ?

— Frédéric… Buissonneau.

— Où habitez-vous ?

Frédéric fit une pause. La réponse semblait là, juste sur le bout de sa langue. Toutefois, elle refusait de franchir ses lèvres. Il fronça les sourcils, mais aucune image ne lui apparut concernant son lieu de résidence.

— Je n'en ai pas la moindre idée. Vous avez mes papiers d'identité?

Le médecin lui remit un portefeuille que Frédéric ne reconnut pas. Il en examina le contenu et ressentit une étrange sensation. La photo qui ornait son permis de conduire et tous les autres renseignements qui y figuraient semblaient appartenir à quelqu'un d'autre, une personne qui lui était totalement inconnue. Le médecin lui tendit un miroir, et Frédéric constata qu'il était bien l'homme de la photo. Il lut les papiers avec intérêt et apprit qu'il était âgé de trente-huit ans, n'était pas marié, n'avait aucune maladie, acceptait de donner ses organes en cas de décès, possédait plusieurs cartes bancaires et de crédit, une voiture, et qu'il habitait dans une rue tranquille de banlieue.

Frédéric savait tout ce que ces choses représentaient, connaissait le voisinage où il habitait, aurait sans doute su s'y rendre en voiture; il aurait même pu dire en quelle année, à quel mois, dans quelle ville et quel pays il se trouvait... Mais il n'arrivait pas à se souvenir de l'accident ni de rien d'autre le précédant. Apparemment, il était célibataire. Soit. Mais avait-il une petite amie? Ses parents vivaient-ils toujours, et qui étaient-ils? Avait-il de la famille habitant aux alentours de son domicile? Qui étaient ses amis? Quel métier pratiquait-il? Il questionna de nouveau le médecin:

— Est-ce que quelqu'un m'a rendu visite? Une petite amie, un frère, un collègue?

— Personne n'est encore venu, et il n'y a que votre voisine, l'infirmière, qui vient régulièrement aux nouvelles. Attendons encore jusqu'à demain, et si votre mémoire n'est toujours pas revenue, nous lui demanderons de venir vous voir. Peut-être cela déclenchera-t-il un déclic et retrouverez-vous votre mémoire.

Le médecin compléta son examen et quitta le patient, en lui promettant de lui faire apporter à manger. Une fois seul, Frédéric s'examina longuement dans le miroir. Il était assez jeune et bien de sa personne malgré la pâleur de son visage et les profonds cernes sous ses yeux, deux éléments qu'il attribua aux circonstances. Il leva son bras le plus mobile et l'examina, puis fit l'inventaire de ce corps à la fois étrangement inconnu et vaguement familier. Il sembla satisfait de ce qu'il voyait: main larges, bras solides, jambes longues et bien faites, ventre plat; les pieds un peu longs, mais c'était un moindre mal. Puis, il entrevit son membre intime, dont les proportions lui plurent énormément. « Je ne sais pas qui je suis, mais au moins, tout est à sa place ! » se dit-il. « Reste maintenant à voir qui profite normalement de cet engin ! » Comme le médecin le lui avait promis, on lui apporta bientôt à manger. La jeune femme qui déposa le plateau devant lui était vraiment très jolie: un peu en chair, les joues ornées d'adorables fossettes et arborant un sourire éclatant. Le stéthoscope qu'elle portait lui donnait l'allure d'une petite fille jouant au médecin. Son uniforme ajusté laissait deviner de petits seins pointus et de charmantes fesses bien rondes. Frédéric fut alors assailli par un sentiment de déjà-vu puissant et se demanda, plein d'espoir, s'il connaissait cette adorable personne avant son accident.

— Alors, comment se porte le plus mignon patient de l'étage?

Frédéric rougit un peu, flatté :

— Ça ne va pas si mal, malgré les circonstances… Pardonnez-moi, mais j'ai vraiment l'impression de vous avoir déjà rencontrée quelque part. Est-ce que nous nous connaissons?

— Ça n'est pas très original comme question! Mais non, je ne crois pas qu'on se connaisse, du moins pas intimement. Nous nous sommes peut-être déjà croisés, nous n'habitons pas une très grande ville! Allons, je prendrai seulement quelques minutes pour m'assurer que tout va bien. Je sais que le médecin vient de vous examiner, mais je vais vérifier votre pansement et prendre votre température. Après, vous pourrez manger. Vous devez être affamé!

— Je dois avouer que je mangerais un bœuf, en ce moment. Mais prenez tout votre temps…

Elle prit sa température et s'approcha du bras immobilisé. Elle massa délicatement les doigts de Frédéric, avant de lui demander d'étendre le bras, afin d'examiner que tout allait bien. La main du patient était maintenant appuyée contre la taille de la jeune femme. Or, ce corps était chaud et tendre, et son toucher caressant. La situation en soi n'était pas vraiment érotique, mais Frédéric ne put s'empêcher d'être excité par ce corps si près du sien et par la beauté saisissante de la jeune femme. Il ne porta plus aucune attention à ce qu'elle faisait, jusqu'à ce que sa main soit appuyée, non plus sur la taille de la jeune femme, mais tout contre son sein. Un sein menu bien que ferme, semblable à celui d'une adolescente. Son membre honorable choisit ce moment-là pour se manifester en une érection éclair, si bien que Frédéric rougit furieusement. L'infirmière le remarqua, mais fit mine de ne pas s'en soucier. Le patient se concentra intensément pour interdire à ses doigts de se refermer sur cette chair si tentante, mais ce fut plutôt la jeune femme qui pivota légèrement, feignant de tenter d'attraper quelque chose sur la table de chevet. La main de Frédéric se retrouva donc bien malgré lui sur ce merveilleux petit sein, dont il sentit le mamelon se dresser subitement. Il aurait tant aimé déboutonner cet uniforme contraignant et les palper, les deux à la fois, goûtant cette peau qui semblait si douce !

— Donc, mis à part les petits bobos et la mémoire, ça va ?

— Ou... oui...

— Pas trop de courbatures après avoir été si longtemps couché ?

— Un peu, surtout les fesses...

— Laissez-moi vous aider à vous asseoir, ce sera plus confortable. Quand vous aurez mangé, je vous aiderai à vous lever.

Elle passa une main sous les épaules de Frédéric et le souleva doucement. Puis, elle lui frictionna le bas du dos, palpant les muscles et les os endoloris. Frédéric sursauta quand elle frotta un peu fort le côté de sa hanche, et elle releva le drap pour découvrir à cet endroit une ecchymose à la teinte jaunâtre. Il n'avait pourtant ressenti aucune douleur de ce côté, jusqu'à ce que la charmante infirmière y touche. Elle s'excusa et souleva davantage le drap pour apprécier l'étendue des dégâts. Il n'y avait rien de bien grave, tout compte fait. Toutefois, en jeune professionnelle compétente qu'elle était, elle saisit l'occasion de voir de plus près et plus longtemps un autre organe qui était, celui-là, très en forme. Elle lui tâta les os du bassin, sous prétexte de vérifier le bon fonctionnement de l'articulation, puis glissa doucement ses doigts sur sa peau, jusque sous ses fesses. Frédéric pouvait sentir son membre palpiter d'excitation; il en était gêné, certes, mais n'y pouvait absolument rien. Cette caresse — qui n'était autre que le geste d'une infirmière particulièrement attentive au bien-être de ses patients? Il n'en était plus si sûr! — était irrésistible. Elle lui demanda d'écarter les jambes afin d'être certaine que tout allait bien, et continua son massage, faufilant ses mains de la taille de Frédéric jusqu'à son ventre, ses mains se séparant à nouveau pour saisir le pubis et s'insinuer entre les jambes de son patient, effleurant au passage deux valseuses prêtes à danser toute la nuit. Puis, elle écarta les doigts et lui frotta les cuisses si légèrement qu'une plume n'aurait pas été plus palpable.

Elle se releva finalement, laissant un Frédéric à la fois triste et soulagé. Il espérait ardemment qu'elle revienne vérifier son état dans quelques heures.

— Vous voulez que je vous aide à manger? Ce n'est pas toujours facile, avec la main gauche, surtout que votre bras doit être un peu sensible…

Frédéric allait refuser, mais prit plutôt un air piteux pour lui signifier qu'il appréciait son offre. Elle s'assit en face de lui et l'aida à manger avec une douceur presque maternelle. Entre chaque bouchée, Frédéric se demandait s'il était en train de tomber amoureux de cette si charmante personne. Il se plaisait à être vulnérable et était prêt à passer de nombreux jours dans cet hôpital pour la laisser prendre soin de lui! Il n'arrivait pas tout à fait à calmer son érection, qui diminuait momentanément pour s'engorger de nouveau dès que l'infirmière — Annie, n'était-ce pas le plus beau prénom de l'univers? —lui souriait.

Elle le nourrit lentement, s'assurant de lui donner suffisamment de temps entre chaque bouchée pour bien mastiquer et avaler, bavardant de tout et de rien de sa voix chantante. Frédéric était subjugué, mâchant sa nourriture par automatisme, ne goûtant rien de ce qu'il avalait tant il préférait admirer chaque détail du magnifique visage de sa soignante, écouter son rire cristallin, observer ses lèvres souriantes. Le repas terminé, elle avoua qu'elle avait passé un peu trop de temps avec lui et qu'elle devait s'occuper de ses autres patients. Elle l'aida ensuite à se lever, à marcher en faisant le tour de la chambre, puis le quitta.

• • •

De nouveau installé sur son lit, Frédéric sentait ses forces revenir en cette fin de journée. En repensant à son dernier repas, il se demanda s'il aimait auparavant tout ce qu'il avait englouti. Effectivement, la façon dont il avait été nourri était suffisante pour lui faire avaler n'importe quoi. Il ne pouvait cependant s'empêcher de songer à Annie, et chaque fois que des pas s'approchaient de sa chambre, son cœur battait plus fort, car il s'attendait à la voir entrer d'un instant à l'autre. Et anticipation oblige, son membre se gonflait subitement, soulevant le drap qui le recouvrait.

À un moment donné, le téléphone sonna. Surpris, Frédéric ne savait pas s'il devait y répondre ou non. Néanmoins, la curiosité l'emporta et il saisit l'appareil,

impatient d'entendre une voix qui lui serait peut-être
familière.

— Frédéric! C'est moi, maman!

— Heu… bonjour.

— Ça va? Rien de cassé? Écoute, je suis en Floride
avec Larry. Tu veux que je rentre? As-tu mangé? As-tu
dormi? Quelqu'un est-il venu te voir? Où est ton père?
Qu'est-ce qui est arrivé? Mais RACONTE!

Frédéric demeura silencieux. S'il s'agissait vraiment
de sa mère, rien, dans ce ton impérieux, presque hysté-
rique et épuisant ne lui apprendrait grand-chose. Il tenta
donc d'expliquer à son interlocutrice que tout était
confus dans sa tête:

— Écoutez… écoute, maman. Tout ce que je sais,
c'est que j'ai reçu un coup sur la tête. Je ne me souviens
plus de rien…

— QUOI! Tu as reçu un coup sur la tête! Je savais
bien que je n'aurais jamais dû te laisser partir de la
maison. Tout ça, c'est de la faute de ton père! Mais qu'est-
ce que tu fabriquais, au juste? Tu es tombé comment? Tu
as mal?

— Je t'ai déjà dit que je ne me souvenais plus de
rien… J'ignore ce qui est arrivé…

— Mais voyons, c'est impossible! Tu ne peux pas tout
avoir oublié comme ça! Même moi? Tu ne te souviens
plus de moi? Allez, tu me fais marcher! Je reviens tout de
suite. Larry et moi serons là très bientôt, tu…

— Ce n'est pas la peine! Ça va…

— Tu essaies de m'éloigner encore! Je suppose que
toutes tes petites amies sont là pour te soigner, mais je
suis ta mère, et tant que je…

— Personne, il n'y a personne. Qui est ma petite amie?

— Tu veux dire laquelle! Mon petit Frédéric... tu me racontes toujours que tu en as tellement que tu n'as plus le temps de me les présenter! Est-ce que je sais, moi, qui est ta véritable petite amie? Je ne suis que ta mère, voyons!

— Oh...

Frédéric était découragé. Cette femme lui donnait mal à la tête. C'était elle, sa mère, cette femme si bavarde qu'elle ne lui laissait pas placer un seul mot et qui ne semblait pas du tout comprendre le sens des quelques paroles qu'il avait pu prononcer? Il n'avait pas le courage de soutenir cette conversation plus longtemps.

— C'est ça, maman, on se verra quand tu reviendras, d'accord?

— Oui, c'est ça. Je t'embrasse, et tâche de prendre soin de toi! Je te promets que j'arrive dès que possible! C'est trop fort, ça! Mon propre fils qui ne se souvient plus de sa maman chérie... Tiens bon, j'arrive!

Frédéric aurait juré qu'elle allait se mettre à pleurer. C'était bien ce dont il avait besoin! Il lui dit qu'il l'embrassait aussi et qu'il avait hâte de la voir, ce qui n'était pas tout à fait un mensonge. Puis, il raccrocha et se remémora les paroles de cette femme. Il avait cru comprendre que le Larry en question n'était pas son père. Mais en quoi son père aurait-il été responsable de son accident, et surtout, qui était ce Larry? Quel cauchemar, tout ça!

En revanche, ce qui était réconfortant, c'était qu'il avait, paraît-il, tellement de petites amies qu'il ne se donnait plus la peine de les présenter à sa mère. Eh bien! Peut-être était-il l'un de ces célibataires qui passaient chaque weekend avec une conquête différente, qui sait?

Cette idée lui plaisait bien. Et d'ailleurs, Annie ne l'avait-elle pas qualifié de mignon? Voilà qui était encourageant! Et si sa mère disait vrai, il aurait sûrement de la visite de l'une ou de l'autre de ses petites amies, tôt ou tard. Peut-être n'avaient-elles pas encore appris la nouvelle…

Cette pensée lui mit du baume au cœur, car comme il était incapable de se souvenir de quoi que ce soit, il lui faudrait se débrouiller autrement. Frédéric entreprit donc de déduire, avec le peu d'indices qu'il détenait, le genre d'homme qu'il était. Il ne savait toujours pas quel métier ou quelle occupation il pratiquait, et ce détail l'agaçait. Le fait qu'il se soit trouvé sur une échelle au moment de l'accident ne fournissait aucune piste. Cependant, s'il habitait seul dans une maison de banlieue, il devait être assez à l'aise et donc exercer une profession ou, du moins, un métier bien rémunéré. Il fouilla de nouveau son portefeuille, cherchant une carte de compétences comme en détiennent certains techniciens ou spécialistes, ou alors une carte professionnelle, la sienne, celle d'un collègue ou d'une connaissance. Mais le portefeuille ne contenait rien d'autre que les pièces d'identité qu'il avait déjà consultées.

Il passa finalement le reste de la soirée à attendre des visiteurs qui ne vinrent pas, à espérer retrouver une mémoire qui ne se débloqua pas, à souhaiter retourner chez lui afin d'en apprendre davantage. Cependant, le médecin s'y objecta, préférant lui faire passer plus de tests pour s'assurer que tout allait bien.

Il passa une nuit agitée, se réveillant à plusieurs reprises. Sans doute le va-et-vient de l'hôpital y était-il pour beaucoup. Effectivement, il entendait sans cesse des sonnettes, des chariots aux roues grinçantes, des appels au micro. Il crut se souvenir qu'à un moment donné, on était venu prendre sa température, mais il n'en était pas certain. Il flottait dans une espèce de brouillard peuplé des paroles de sa mère, des observations du médecin et du souvenir d'Annie, sa jolie infirmière. Il rêva à elle sans savoir s'il était réellement endormi. Il sentait son parfum et la douceur de sa main, alors qu'elle glissait le long de sa hanche. Il revoyait ce sourire irrésistible, ces fossettes attendrissantes, la forme des petits seins fermes sous l'uniforme. Il banda de nouveau dans son sommeil, et ce fut à ce moment-là qu'Annie revint réellement dans la chambre, afin de rendre visite à son patient une dernière fois avant la fin de son quart de travail. Silencieusement, ses talons caoutchoutés se glissèrent jusqu'au lit de Frédéric. Elle souleva le drap qui le recouvrait, désirant examiner de nouveau l'ecchymose. Toutefois, son examen fut interrompu par la vue du mât qui se dressait fièrement vers son visage. Ne pouvant résister à cette vision, elle tendit une main timide. Comme cette queue était dure et chaude! Sa main si délicate glissa lentement le long de la verge offerte. Elle avait tellement envie d'y goûter! Frédéric gémit dans son sommeil. Quel rêve agréable! C'était justement à elle qu'il pensait; il la voyait se pencher doucement sur lui. La main continua de le caresser un peu plus fermement, et des lèvres magni-fiques se refermèrent sur le gland reconnaissant. Annie le lécha lentement, savourant la petite goutte de semence qui jaillit, témoignant de l'excitation de son propriétaire. Elle accéléra subtilement le mouvement de sa main, puis y joignit la deuxième, qui effleura les bourses de Frédéric, un doigt glissant délicatement et savamment autour des testicules gonflés. Cela ne devait certainement pas être la première fois qu'elle faisait cela! Sa bouche exerçait juste ce qu'il fallait de délicieuse succion, alors que sa salive onctueuse réchauffait davantage le membre brûlant du jeune homme, tout en lui permettant de glisser plus facilement au fond de sa cavité gourmande. Frédéric sentit alors qu'il allait jouir. Au même moment, la porte de la chambre s'ouvrit, et l'infirmière sursauta; elle se releva à la vitesse de l'éclair et s'exclama à l'attention de sa collègue:

— Ça devrait aller, j'ai terminé!

Et elle quitta sa chambre à pas rapides. Frédéric s'éveilla au même moment, bandé comme un taureau, se demandant s'il avait rêvé ou non. Il savait cependant que ce qu'il venait de vivre — qu'il s'agisse d'un rêve ou de la réalité — continuait à l'exciter sauvagement. Il s'apprêtait à s'emparer de son membre si alerte avec sa main gauche malgré la douleur qui se répandait le long de son bras, quand il se rendit compte qu'il était déjà trop tard. Une chaude giclée se répandit sur sa cuisse, avant même que sa main ait pu l'atteindre. Soulagé mais frustré, et vaguement inquiet de la façon et de la rapidité avec laquelle son membre s'était échappé, il finit par se rendormir en priant son cerveau de collaborer pour qu'à son réveil, sa vie soit redevenue aussi normale qu'avant l'accident.

• • •

Frédéric s'éveilla tôt. Il faut dire que les chariots du petit-déjeuner semblaient faire une course dans les couloirs. Une dame d'un certain âge lui apporta son plateau, et il se contenta de le regarder, tentant de remettre ses idées en place. Il était vaguement déçu de ne pas revoir Annie, sa charmante infirmière de la veille, mais elle n'était de toute évidence pas sur place vingt-quatre heures sur vingt-quatre. Il ne se sentait, de toute façon, pas très reluisant. La barbe qui envahissait son visage le démangeait terriblement, et cette ecchymose sur la hanche lui rappelait sans cesse la belle Annie, envoyant à sa verge de petits soubresauts de désir. Il trouvait toutefois étonnant, dans sa condition, de passer plus de temps à penser à une parfaite inconnue, aussi jolie fût-elle, qu'à son propre sort. Il n'était effectivement pas plus avancé que la veille quant aux subtilités de sa personnalité, de sa vie professionnelle et concernant les circonstances de son accident. Néanmoins, la possibilité de bénéficier de nouvelles attentions de la part de sa jolie infirmière lui faisait complètement oublier tout le reste, reléguant sa vie antérieure à un statut peu prioritaire. «Je dois être un chaud lapin, alors, pour ne penser qu'à ça!» se dit-il.

Il s'attendait à ce que l'infirmière qui lui avait apporté son plateau vienne lui proposer de l'aider à manger, d'autant plus qu'il s'agissait de céréales chaudes qu'il aurait du mal à acheminer jusqu'à sa bouche de la main gauche. Il attendit donc, puis attendit encore. Il devint clair au bout d'un moment qu'on l'avait abandonné à son sort. Frédéric souleva par conséquent la cuillère de sa main libre, réussit à la tremper dans le bol et à l'amener jusqu'à ses lèvres. Mais la douleur dans son bras s'accentua, et le peu qui restait dans la cuillère à son arrivée à destination le frustra. Il essaya de nouveau et obtint des résultats aussi désastreux, ne réussissant qu'à vider lentement son bol sur le lit et à accentuer la douleur jusque-là sourde de son bras. Au bout d'un moment, il abandonna, se contentant de morceaux de fruits servis avec les céréales et d'une gorgée de café tiède.

Le médecin entra bientôt dans sa chambre sans frapper.

— Comment vous sentez-vous, aujourd'hui?

— Oh! vous savez…

— Toujours rien, hein? J'ai demandé à un collègue neurologue de venir vous voir. Nous en sommes au troisième jour, et je suis étonné de constater si peu de progrès. Ce n'est toutefois pas alarmant, on a déjà vu des cas d'amnésie comme le vôtre durer beaucoup plus longtemps. Mon confrère devrait venir un peu plus tard.

— Parfait! Les journées sont longues, ici, quand on ne se sent pas vraiment malade!

— Et moi qui croyais qu'Annie avait bien pris soin de vous. Je lui avais demandé d'être particulièrement attentive durant la soirée, lui expliquant que vous vous sentiez un peu perdu. Je serais déçu qu'elle ait ignoré ma requête…

— Oh! non… Enfin, je veux dire, elle a été très gentille!

Frédéric détourna le regard, de peur que l'homme l'interroge davantage sur l'effet qu'avait eu Annie sur lui. Le médecin enchaîna:

— Et vous êtes vraiment chanceux, parce que ce matin, du moins pour une heure encore, c'est Gloria qui est sur votre étage.

— Gloria? Qui est-ce?

— Une infirmière qui alimente les conversations de tout l'hôpital. Mais vous le verrez bien…

Oh, pour le voir, il le vit. Elle fit irruption dans sa chambre, exhalant un parfum envoûtant. Elle était l'image parfaite de la beauté latine : grande, mince, avec des seins volumineux, des hanches généreuses, une taille minuscule et des jambes à n'en plus finir. Le teint sombre, les cheveux noirs cascadant en boucles lâches jusqu'aux reins et d'immenses yeux noirs. Et une bouche... une bouche sublime aux lèvres charnues recouvrant des dents si éclatantes que Frédéric en fut ébloui. Qu'elle était belle ! Il comprit instantanément comment une telle femme pouvait alimenter les conversations d'un hôpital au complet ! Et une fois de plus, il eut le sentiment de l'avoir déjà vue quelque part, de la connaître de près ou de loin. Toutefois, comme il ne voulait pas avoir l'air idiot en lui posant la même question qu'à Annie, il préféra attendre la suite. Gloria s'approcha, souriant chaleureusement, et lui flatta la joue de ses longs doigts sensuels.

— Comment va notre petit chéri, aujourd'hui ? Annie m'a dit que tu étais mignon, gentil et docile comme je les aime !

— Je vais... Je vais bien, merci.

— Tu verras, Gloria s'occupera bien de toi, ce matin. Nous n'avons pas beaucoup de temps pour faire connaissance avant que je te laisse aux bons soins de mes collègues pour la journée. Enfin, c'est la vie ! Et Annie sera sans doute de retour ce soir. J'ai au moins eu la chance de veiller sur toi cette nuit et de te regarder dormir. Un vrai petit ange ! Tellement que je vais te proposer quelque chose que nous ne faisons pas normalement. Mais nous pouvons faire une exception, parce que nous aimons bien le docteur qui s'occupe de ton cas et que tu es adorable. Il faut bien traiter nos patients préférés ! Alors, voilà... je t'aiderai à te rendre présentable, à te raser et à te nettoyer un peu. Mais d'abord, tu dois manger. Sinon, tu ne guériras pas. Allez, mange !

Incrédule, Frédéric n'osa pas contrarier cette femme superbe et autoritaire. Se sentant comme un écolier, il mangea les céréales maintenant froides qu'elle déposait lentement, par petites bouchées, dans sa bouche. Elle aussi aurait pu lui faire avaler n'importe quoi, de cette façon-là ! Chaque fois qu'il refermait les lèvres sur une bouchée de céréales, elle lui essuyait la bouche d'un doigt léger, s'attardait un peu, puis le retirait délicatement. Sa peau était fraîche et douce, d'une sensualité palpable. Et dire que ce n'était qu'un doigt ! Bon garçon, Frédéric but le verre de jus maintenant tiède qu'elle lui tendit et termina aussi l'insipide café en le buvant à la paille. Satisfaite, Gloria le débarrassa de son plateau et revint, quelques minutes plus tard, avec une grande trousse.

— Voilà, nous avons tout ce qu'il faut pour te remettre à neuf. Et j'ai tout mon temps, tu es mon dernier patient, aujourd'hui ! Ça te dit ?

— C'est que...

— Non, non ! Pas de protestations ! Tu es peut-être gêné ? À ce qu'Annie m'a dit, tu n'as aucune raison de l'être, au contraire ! De plus, je suis habile avec un rasoir et très professionnelle ; je vois un tas d'hommes nus tous les jours, et je te le promets, je serai douce.

N'ayant rien à ajouter, Frédéric se laissa faire. Il eut cependant un moment d'hésitation quand il vit Gloria se diriger vers la porte, chuchoter quelque chose à l'oreille d'une autre infirmière et la refermer.

— Enfin seuls...

Elle s'approcha du lit et déballa ses accessoires. Elle

lui frotta tout d'abord le visage avec une débarbouillette fraîche et l'enduisit de mousse odorante.

— Tu ne trouves pas qu'il fait chaud, ici?

Frédéric n'était pas de cet avis, mais il s'abstint de dire quoi que ce soit. Gloria dégrafa donc les deux premiers boutons de son uniforme, juste assez pour que sa victime puisse admirer son superbe soutien-gorge, si blanc contre sa peau sombre. Un petit crucifix doré ornait la gorge de la belle et fascinait Frédéric. Il le regardait se balancer au creux des seins envoûtants et aurait bien aimé être à la place du bijou. Gloria savait manier le rasoir de façon admirable, mais le lit encombrant et le plâtre du côté droit gênaient ses mouvements. Elle aida donc le patient à se lever et l'installa sur la petite chaise placée au coin de la chambre. Le souffle court, Frédéric la regarda écarter les jambes pour s'installer devant lui, à proximité de son visage, exposant un adorable porte-jarretelles assorti à ses bas. Qui aurait cru que de si jolis accessoires pussent être aussi suggestifs avec d'ordinaires chaussures aux semelles de gomme? En fait, Gloria aurait rendu n'importe quel vêtement séduisant. Le bas de son uniforme reposait maintenant tout contre le membre de Frédéric, qui s'éveilla en sursaut. Celui-ci n'avait plus du tout sommeil, c'était certain! Les cuisses de l'infirmière enserraient légèrement les hanches du patient, et elle était si près de lui que Frédéric pouvait admirer le grain de sa peau, sentir sa douce haleine. Ses seins merveilleux se balançaient quant à eux impitoyablement devant les yeux du jeune homme, si bien qu'il pouvait sentir son érection palpiter à la simple vue du porte-jarretelles. C'en était trop! Il songea à protester, mais Gloria travaillait si fort et si bien qu'elle avait déjà presque terminé l'étape du rasage. Le souffle court, il choisit donc de se laisser gâter.

— Tu me sembles souffrant… peut-être vaudrait-il mieux t'étendre un peu et me laisser faire?

Cette proposition était bien tentante! Il se contenta donc de hocher la tête à l'affirmative. L'infirmière l'aida alors à nouveau à se lever, serrant son corps incroyable contre celui de Frédéric, et le reconduisit vers le lit, sur lequel elle le fit s'étendre.

Puis, Gloria partit vers la salle de bain et en revint avec une bassine remplie d'eau. Elle retira la chemise d'hôpital de Frédéric, recouvrit son bas-ventre du drap et entreprit de le savonner doucement. Elle lui nettoya ainsi les oreilles et le cou, frotta en massant les épaules, s'attarda sur sa poitrine, fit descendre l'éponge le long des côtes et sur son ventre. Elle lava ensuite ses mains langoureusement, glissant lentement sur chaque doigt. Elle reprit ensuite son manège et resta de nouveau un moment au niveau de la poitrine de son patient, caressant ses petits mamelons maintenant érigés, car extrêmement sensibles. Elle sourit en apercevant les frissons qui parcouraient le haut du corps de Frédéric et secouaient le drap reposant sur son ventre.

— Tu préfères que j'arrête? Je peux appeler un préposé pour terminer, si tu le veux…

— Heu, non, c'est très bien comme ça…

Frédéric essayait de trouver des raisons pour lui faire arrêter son manège, invoquant des images d'une éventuelle petite amie à laquelle il devait peut-être être fidèle. Mais son fort intérieur, qui prenait finalement toutes les décisions, intervint. Il vit ainsi plutôt danser devant ses yeux des images d'Annie, l'infirmière de la veille, et de

Gloria, toutes deux avec lui sur ce stupide lit d'hôpital. Et lui, Frédéric, étendu là sans bouger, la langue pendante, ne savait plus très bien où donner de la tête. Peut-être qu'après tout, son instinct était bon et qu'il connaissait vraiment ces superbes jeunes femmes… Peut-être même faisaient-elles partie des nombreuses conquêtes auxquelles sa mère avait fait allusion? Mais alors, pourquoi ne lui révélaient-elles pas la nature de leur relation? Si tel était le cas, il devait admettre qu'il avait du goût! Annie et Gloria étaient sans doute les plus belles femmes qu'il fût donné à un homme de connaître et, bien que très différentes l'une de l'autre, elles faisaient naître en lui un désir intense, comme en témoignait son corps de façon évidente.

Gloria sentit son trouble et sympathisa avec lui. Elle retira le drap qui le recouvrait et entreprit de laver le reste de son corps. Elle s'empara tout d'abord simultanément des deux pieds du patient, qu'elle aspergea d'eau tiède et savonna généreusement. Elle massa fermement les orteils, puis les chevilles, et enfin les mollets. Elle se servit de ses deux mains pour attaquer savamment chaque cuisse, avant de retourner doucement le blessé sur le côté. Elle déposa un minuscule baiser sur l'ecchymose de la hanche, puis sa main effleura les fesses endolories et les savonna avec douceur. Mais son autre main glissait déjà subtilement et délicatement sur sa hanche, se retrouvant dangereusement près de son membre au bord de l'éruption. Frédéric poussa un petit gémissement.

— Chut! Ne crains rien, je t'ai dit que j'allais être douce.

Et elle le fut. Elle déboutonna le reste de son uniforme et glissa le membre de Frédéric entre ses seins. Elle ondula comme un adorable serpent, et Frédéric fut fasciné par la vue du petit crucifix qui suivait fidèlement chaque mouvement, se balançant au-dessus de l'objet de sa fierté. Gloria empoigna solidement un de ses seins dans chaque main, pour les coller l'un contre l'autre et former un somptueux étau. Puis, elle reprit ses ondulations, d'abord tout doucement, avant d'imposer un rythme plus soutenu. Frédéric était fou de désir pour cette femme qu'il connaissait depuis moins d'une heure, et il sentait qu'il allait exploser. Il n'osait toutefois tenter la moindre caresse, la moindre étreinte, de peur que Gloria ne s'arrête et disparaisse pour toujours. Il tenta de se dégager, de la faire cesser son manège, avant de l'inviter à continuer, accélérer, ralentir… sa volonté s'était évanouie en un clin d'œil, et il aurait tout donné pour que Gloria grimpe sur le lit et l'entraîne dans une chevauchée diabolique. Au lieu de quoi, le rythme de la belle infirmière ralentit, son corps s'éloigna d'un Frédéric incrédule… et elle remballa ses affaires.

— QUOI? Mais qu'est-ce que j'ai fait? Pourquoi arrêter maintenant? Tu ne peux pas partir comme ça!

— Oh! Je reviendrai peut-être, si tu en as toujours envie…

Elle laissa le jeune homme en proie à un désir bouillant contempler son corps époustouflant, avant de reboutonner son uniforme. Frédéric, dont la vue était embuée, l'admirait sans réserve et crut qu'elle hésitait. Elle se pavana devant lui, empoigna ses seins magnifiques, glissa un doigt sous sa culotte et se caressa légèrement.

— Plus tard, peut-être, dit-elle sensuellement.

Puis, elle le quitta. Et ce fut au moment où la porte se

refermait que Frédéric sentit à nouveau un jet tiède s'échapper de son membre.

• • •

Il ne l'avait pas revue avant la fin de son quart. Il était maintenant près de neuf heures et il comprit qu'elle était partie quand une infirmière entra dans sa chambre. Il était tout excité à l'idée de retrouver Annie plus tard, ce jour-là, et espérait passer cette attente en bonne compagnie, mais la dame qui lui apparut n'avait rien en commun avec elle, ni avec Gloria, d'ailleurs. Elle demeura silencieuse en prenant sa température. Elle ne l'avait même pas salué en entrant, se contentant d'examiner son plâtre et son pansement en faisant des gestes brusques. Ses mains n'avaient pas non plus la douceur de celles d'Annie; elles étaient sèches, rugueuses. Mais ce n'était pas cela le plus triste. Frédéric se sentait choyé d'avoir bénéficié jusque-là, pour s'occuper de sa petite personne, de deux jeunes femmes d'une beauté sublime, sans doute les plus jolies infirmières de l'hôpital, sinon de la profession entière. Toutefois, il était clair que sa chance avait tourné et que la beauté des deux précédentes soignantes rendaient la déception d'autant plus amère avec celle qui était maintenant près de lui.

Tentant d'être poli et amical, Frédéric essaya de savoir si elle avait vu son docteur et si elle avait une idée du moment où il pourrait retourner chez lui. Elle grommela qu'elle n'avait vu aucun médecin ce matin, qu'ils étaient probablement trop épuisés par leur partie de golf de la veille, et que ce n'était pas à elle de décider combien de temps il resterait là. Frédéric ne fit aucun effort supplémentaire, la laissant continuer son devoir dans un silence qui devint vite oppressant. Elle lui demanda s'il avait envie d'uriner, et la seule pensée d'exposer son sexe devant cette ogresse effraya tellement le jeune homme que sa queue rapetissa au point de disparaître presque complètement. Il était vraiment temps pour lui de se débrouiller tout seul! Elle le quitta enfin, et il commença à songer à ce qu'il ferait de sa journée.

Il lui était impossible de lire ou de pratiquer quelque autre activité que ce fût. Il aurait sans doute pu téléphoner, mais à qui? Et il n'avait pas encore de télé. Bref, il s'ennuyait déjà à mourir. Mais après avoir fait le décompte méticuleux de tous les meubles et accessoires qui l'entouraient, et s'être encore creusé la tête pour faire émerger ses souvenirs, il fut étonné de s'apercevoir que quelques heures s'étaient déjà écoulées. Son ogresse d'infirmière lui apporta bientôt un plateau repas en maugréant: «Je suppose qu'il va falloir le faire manger en plus, celui-là!» Frédéric se sentait néanmoins incapable d'avaler la moindre parcelle de nourriture si elle lui était offerte par cette femme. Il ne prit donc pas la peine de répondre et regarda son plateau. Pas très ragoûtant... Il n'avait pas vraiment faim. Il préféra attendre l'arrivée d'Annie, se contentant de grignoter un morceau de pain et de faire une petite sieste.

• • •

L'horrible infirmière n'était revenue qu'une fois, ce qui suffisait amplement à Frédéric. Dès seize heures, il attendit impatiemment l'arrivée d'Annie, qui passerait sans doute le voir en commençant son quart de travail. Mais à seize heures quinze, elle n'était toujours pas là. Frédéric était amèrement déçu, mais se dit qu'il y avait aussi Gloria, qu'il verrait peut-être dès le lendemain matin. De plus, il valait peut-être mieux se reposer un peu. Ainsi, il pourrait se concentrer sur sa guérison, tout faire pour tenter de se souvenir et peut-être enfin retourner chez lui. Il demanderait au médecin de faire venir cette mystérieuse voisine. Annie et Gloria pourraient sans doute mieux profiter de lui et de tout ce qu'il avait à offrir une fois qu'il serait guéri et que sa mémoire serait retrouvée. Ses belles résolutions durèrent exactement quatre minutes, jusqu'à ce qu'une très jolie blonde se présente dans sa chambre.

— Bonjour! Je m'appelle Élise, et c'est moi qui m'occuperai de vous, ce soir.

Frédéric fut ébloui sur-le-champ. Elle était adorable! Plutôt petite et menue, elle avait un corps et une allure de sportive. Ses longs cheveux blonds cendrés étaient retenus par une simple queue de cheval qui se balançait au rythme de ses pas. Ses yeux bleus, lumineux, vifs comme l'éclair, semblaient déchiffrer chaque pensée de Frédéric. Sa peau était légèrement hâlée, mise en valeur par un bronzage doré venant davantage du grand air que de nombreuses sessions de rôtissage. De plus, son nez et ses pommettes étaient parsemés d'adorables taches de rousseur. Elle était véritablement à croquer, tout à fait le style de femmes qu'affectionnait Frédéric. Pas maternelle comme Annie ni dominatrice et imposante comme Gloria, mais douce, féminine, pimpante et incroyablement séduisante. Et elle aussi lui semblait étrangement familière.

Frédéric lui retourna son bonjour en balbutiant. Elle s'enquit de son état, lui demandant s'il souffrait et s'il avait vu son médecin. Elle lui apprit qu'il sortirait sans doute de l'hôpital dès le lendemain après-midi, si les examens prévus en matinée étaient conformes aux espérances du médecin et du neurologue. Cette nouvelle emplit Frédéric de joie. Il lui demanda combien de temps il devrait garder le plâtre et le pansement, ce qu'elle ignorait. Tandis qu'elle lui parlait, elle s'était approchée et avait commencé son examen de routine. La température de son patient paraissait normale, et le reste aussi encourageant.

— Mes collègues m'ont dit que vous aviez une vilaine ecchymose sur la hanche. Faites voir cela…

Frédéric souleva le drap juste au-dessus de la partie concernée pour qu'elle puisse regarder l'ecchymose, et fut mortifié de voir son membre insolent se dresser bien haut. Il ne pouvait pas se tenir un peu tranquille, celui-là? Il n'était pas obligé de se donner en spectacle devant toutes les jolies filles qui passaient, quand même! Ce faisant, je jeune homme pensa au nombre de jolies filles qui, justement, s'étaient présentées devant lui dernièrement et à leur attitude envers lui… ce qui eut pour effet de faire sursauter sa verge, qui grandit encore plus.

Élise se contenta de sourire et d'examiner l'ecchymose, puis de vérifier l'état de la peau autour du plâtre. Elle suggéra d'y appliquer une crème hydratante, afin d'éviter la démangeaison qui ne tarderait sans doute pas à se manifester. Frédéric s'empressa d'accepter — au point où il en était! –, et la torture recommença. Il est vrai qu'Élise, puisque tel était le prénom de cette déesse, avait de grandes mains. Elle palpa tout d'abord le haut du bras et l'épaule du patient, puis enduisit énergiquement son ventre et ses côtes de lotion onctueuse, sans toutefois provoquer la moindre douleur. Celle-ci se manifesta plutôt au niveau de ses pauvres testicules, lorsqu'elle étendit la crème sur son torse, ses côtes et son ventre. L'infirmière frotta, frotta, et lui durcit, durcit. Elle se rendit jusqu'aux jambes du patient, s'amusant à dessiner des arabesques à l'intérieur de ses cuisses. Puis, ce fut encore au tour du ventre, de la taille, des reins. Frédéric tentait de se déplacer pour l'accommoder de son mieux, mais il était paralysé par ce que dévoilait la fermeture éclair maintenant abaissée de l'uniforme de la jeune femme. Effectivement, il ne s'agissait pas du tout du type de sous-vêtements aguichants, recouverts de dentelle, qu'arborait Gloria. Non, Élise, elle, portait ce genre de soutien-gorge en coton qui ressemblait presque à une camisole, sous laquelle ses petits seins se balançaient doucement. Leur pointe bien dressée était mince et pointue, et Frédéric eut subitement besoin d'y goûter. Il désirait voir ce corps doré et ferme, ce ventre plat s'ouvrir à son membre exigeant. Il voulait caresser ce sexe qu'il devinait délicat et étroit. Il voulait, il voulait…

Pendant ce temps, Élise avait enduit son membre gonflé à l'extrême de crème. Elle glissait sa main de la base au gland, pressant délicatement la verge comme un fruit bien mûr. La friction était délicieuse, veloutée. Frédéric ferma les yeux un moment, se laissant aller à savourer l'exquise sensation qui s'emparait de lui. Il avait la ferme intention d'être moins passif avec Élise qu'il ne l'avait été avec les deux autres infirmières, et il se demandait quel geste il poserait pour la débarrasser de ses vêtements, afin de sentir ce corps capiteux contre le sien. Il en avait même oublié Annie et Gloria. Non qu'elles fussent moins attirantes qu'Élise, mais Frédéric était subjugué par le moment présent. Il allait étirer le bras vers la jeune femme et l'embrasser, faisant transparaître à travers ce baiser tout le désir qu'il ressentait, quand elle interrompit soudain sa délicieuse caresse :

— Voilà, c'est terminé. J'espère que vous serez ainsi plus confortable.

Frédéric était abasourdi ! Encore une fois, il était en proie à un désir inextinguible. Mais plutôt que de s'arrêter à sa frustration, il se demanda combien de patients avaient une telle chance. Effectivement, quel pourcentage d'hommes, sur la terre entière, pouvait se vanter d'avoir attiré les grâces de trois femmes aussi belles et désirables ? Il devait être béni des dieux et vraiment tout un séducteur ! L'idée qu'il était du type d'homme auquel nulle femelle ne résistait lui plaisait énormément, et il n'y voyait aucun inconvénient. Il trouvait, au contraire, que ce trait de personnalité lui collait très bien à la peau et correspondait à l'homme qu'il semblait être. Cependant, une pensée déplaisante s'insinua lentement dans son esprit, sans qu'il parvienne à l'en chasser. Ces trois femmes, si belles et charmantes, qu'il semblait connaître de près ou de loin… Frédéric espérait qu'il ne s'agisse pas de femmes qu'il avait un jour séduites et laissé tomber pour une autre. Car elles ne méritaient rien de moins qu'un parfait gentleman ! Mais le fait qu'elles fussent si attentionnées envers lui et semblassent prendre plaisir à lui prodiguer tant de soins particuliers lui laissait croire qu'il n'en était rien. Comme l'avait dit Annie, ils n'habitaient pas une très grande ville et s'étaient sans doute croisés dans un bar ou dans la rue. Frédéric les avait simplement remarquées à ce moment-là. De toute manière, il aurait fallu être fou pour ne pas se retourner sur leur passage !

Pour récapituler, Frédéric Buissonneau était donc très populaire auprès des femmes, vivait seul et confortablement dans une banlieue paisible, n'avait pas de petite amie particulière. Cela semblait néanmoins représenter, après les événements marquants des derniers jours, un avantage plus qu'un inconvénient. Les morceaux du casse-tête commençaient à s'emboîter à merveille. Il restait, évidemment, beaucoup de détails à découvrir, mais les choses se présentaient plutôt bien.

Encouragé par ce constat, il décida enfin de demander à son médecin de faire venir sa mystérieuse voisine qui, si elle le connaissait au moins un tout petit peu, pourrait sans doute l'éclairer sur certains points de sa vie. Le médecin accepta de la contacter et lui confirma qu'elle viendrait le voir dès le début de la soirée.

Frédéric attendait sa visiteuse avec impatience. Il espérait tant qu'elle puisse faire resurgir des souvenirs qui, à leur tour, déclencheraient le retour tant attendu de sa mémoire! Vers dix-neuf heures, Élise revint le voir pour s'assurer que tout allait bien. Puis, lorsqu'elle eut terminé son examen sommaire, la porte de la chambre s'ouvrit sur une Annie toute pimpante. Surpris, Frédéric demeura silencieux et remarqua qu'elle semblait très bien connaître Élise, puisque les deux femmes échangèrent un sourire de connivence. Elle s'approcha ensuite du lit et lui sourit. La porte de la chambre s'ouvrit à nouveau, faisant cette fois-ci apparaître Gloria dans toute sa splendeur. Elle se joignit à Annie et à Élise, et regarda Frédéric en lui adressant un petit clin d'œil. Puis, une quatrième femme pénétra dans la chambre, et Frédéric reçut alors un choc. En voyant sa voisine, la belle Sylvie-Anne, l'accident qui l'avait conduit à l'hôpital et tout ce qui l'avait précédé lui revinrent en mémoire, le désarçonnant totalement.

Sylvie-Anne était une infirmière. Et lui, Frédéric, n'était pas un professionnel, mais plutôt un chômeur. Et la maison… c'était celle de son père, qui l'hébergeait par pitié.

Son père… il n'était jamais venu le voir pendant son séjour à l'hôpital. Peut-être cet accident était-il de sa faute, après tout, comme l'affirmait celle qui prétendait être sa mère. Elle non plus ne lui avait pas rendu visite, d'ailleurs.

Peu importe, il se souvenait de Sylvie-Anne. Cette femme qu'il trouvait si belle! Il était beaucoup trop timide pour l'approcher. La honte l'envahit lorsqu'il se souvint qu'il l'épiait souvent le soir, lorsqu'elle se déshabillait devant sa fenêtre.

Un chaud lapin, lui? Il n'avait pas fait l'amour depuis déjà trop longtemps.

Il revit soudain clairement Annie, Élise et Gloria chez Sylvie-Anne qui se baignaient; et lui, grimpé sur l'échelle pour mieux les voir, admirer ces corps presque nus exposés au chaud soleil de l'après-midi.

Et finalement la chute, quand elles avaient retiré leur maillot.

Oui, vraiment, un chaud, très chaud lapin.

DANS LA MÊME COLLECTION

Élise Bourque
Un été chaud et humide, 2010
Fille de soie (format régulier 2007; format poche 2010)
L'agenda de Bianca (format régulier 2005; format poche 2010)

Marie Gray
Rougir 4 (nouvelle édition de *Rougir de plus belle*), 2013
Rougir 3 (nouvelle édition des *Histoires à faire rougir davantage*), 2013
Rougir 2 (nouvelle édition des *Nouvelles histoires à faire rougir*), 2012
Rougir 1 (nouvelle édition des *Histoires à faire rougir*), 2011
Coups de cœur à faire rougir, 2006
Rougir un peu, beaucoup, passionnément (t. 5),
(format régulier 2003; format poche 2006)
Rougir de plus belle (t. 4),
(format régulier 2001; format poche 2004)
Histoires à faire rougir davantage (t. 3),
(format régulier 1998; format poche 2002)
Nouvelles histoires à faire rougir (t. 2),
(format régulier 1996; format poche 2001)
Histoires à faire rougir (t. 1),
(format régulier 1994; format poche 2000)

Emma Mars
Hotelles, 2013

Bruno Massé
Le jardin des rêves, 2013
Valacchia, 2012

Missaès
Chère coupable (format régulier 2002; format poche 2006)

Jean de Trezville
Une collection privée, 2007
Libertine (format régulier 2004; format poche 2006)

Visitez notre site Web : www.saint-jeanediteur.com

DONNEZ AUX LIVRES **UNE NOUVELLE VIE**

La fondation *Cultures à partager* récupère vos livres inutilisés et les distribue aux enfants des pays en voie de développement pour leur donner accès à l'alphabétisation.

Pour connaître le dépôt de livres usagés le plus près de chez vous, composez le **514-282-1550** et visitez le site Internet : **www.culturesapartager.org**

MARQUIS

Québec, Canada

Achevé d'imprimer le 27 novembre 2013

RECYCLÉ
Papier fait à partir
de matériaux recyclés
FSC® C103567

Imprimé sur du papier Enviro 100% postconsommation traité sans chlore, accrédité ÉcoLogo et fait à partir de biogaz.